그대 늙지 말아요

그대 늙지 말아요

김상은 지음

북카라반
CARAVAN

프롤로그

하나님, 정말 감사합니다.

그리고 내 아이들에게도 사랑과 고마움을 전한다.
특히 늘 보살펴준 테리에게 많이 고맙다.

이 글은 내 경험에 바탕을 두고 있긴 하지만
내 과거와 현재에 이어온 일상들과 꿈, 상상, 소망이 혼재된
일기를 차용해 쓴 것으로 지극히 개인적인 것들이어서
공개하는 것에 얼마큼은 조심스럽다.
무엇보다 내 어눌함과 나이 먹음으로 인한 미흡한 설명, 표현으로
많이 부족하고 부끄러운 중이다.
일기를 정리하다보니 살아온 일에서도 마주한 모든 것에도
소소한 지혜가 필요함을 다시 한 번 느끼게 된다.

혹시 내가 나를 자랑하는 에피소드가 있다면
내 자존감이라고 이해해 주길 바란다.
나와 원근거리에서 마주쳤던 모든 분께 감사드린다.
행여 내게 마음상한 분들에게도 용서를 구한다.

2024년 5월 6일.
비 내리는 신사동에서.

차 례

3장 —————————— 142

1. 어떻게 살 것인가

밤사이에 엄청난 비가 쏟아졌다.
새벽에 놀라서 반 뼘 열린 창문을 얼른 닫았다.
어제 병원에서 온 종합검진 내용을 꼼꼼히 읽어 본다.
다 좋을 수는 없고, 이 정도면 감사하다.

여행 프로그램에선 몽골의 중부지방을 보여준다.
너른 호수와 성긴 목초지에 '게르'까지 평화롭다.
요즘 저런 풍경은 좋다기보다 한숨이 나온다.
척박해 보이고 허허롭다가 쓸모없어 버려진 것 같다.
살고 싶은 곳도 넓어지나 하더니 축소된 지 좀 되었다.
무얼 하고 싶어 깔짝대던 것도 팽개친 지 오래다.
그래도 공원이 있는 동네는 한 번 더 돌아본다.
그 옆 도서관이 있는 언덕으로 걸어가는 생각도 한다.
꿈꾸기를 그만 둔 나를 흔들고 싶어진다.
꿈을 꾼다는 건 나이를 더디게 하는 비타민 아닌가.

"물이 맑으면 달이 와서 쉬고
나무를 심으면 새가 날아와 둥지를 튼다.
그대가 마음에 살고 있어 날마다 봄날입니다."

아침에 받은 법정스님의 글을 곱씹는다.
사촌동생 방순이에게 답장을 보낸다.
나도 매일을 봄날처럼 살아야겠다.
좋은 글에 더위가 간다.

방순이에게.

내 저지른 일들은 지나갔고 후회한들 무슨 소용이냐.

미뤄둔 것들도 자꾸 내게 묻는다.

어떻게 할 거니? 어떻게 살고 싶은데?

자, 도대체 나는 무엇을 하고 싶은가?

지난 몇 달 계속 미적대던 나를, 내 몸속 세포들은

'관심 없음'이라고 내게 통보했을지도 모르겠다.

이것이 매사 우울하고 시큰둥하게 나타난 걸까.

하지만 내가 나를 잘 알고 있잖은가.

우선, 내가 사랑해 온 것들을 다시 되짚어 보자.

내 안에 숨어있는 또 다른 나를 깨워 소풍을 떠나자.

아직은 좁은 보푹이리도 저 벌판을 향해 걸어가는 거다.

가면서 만나는 것들, 내 아는 껏 손을 내밀자.

가슴 벅차고, 따뜻하고, 감사가 넘치는 날을 살자.

이 가치가 내 남은 날의 중심이 되도록!

2. 싸가지

2017년 7월 20일. 목.
힘없이 맑다. 34.9도.

올 여름 최고 더운 날.
옥수수는 알알이 차고 포도 송알이도 다투며 크겠다.
앞마당의 두 그루, 접시꽃 당신은 그새 다 졌는데
건너편 초등학교 울타리에선 칸나가 한창이다.

어젠 명이와 두 정류장 떨어진 쇼핑몰에 갔다.
점심과 쇼핑을 마치고는 그냥 우리 동네로 와서 커피를 마셨다.
요즘 뭐 하고 지냈니?
오바마 대통령이 추천한 『저지대』를 읽느라 꼼짝 안했단다.
그럼. 선풍기 틀고 책 읽는 게 우리 세대의 피서였지.

어제 사온 물고기 그림, 컵을 깨끗이 씻었다.
못생긴 녀석을 비스듬히 세우니 등대도 보이는 것 같다.
얼마 전 본 영화 〈파도가 지나간 자리〉
거기서 등대지기인 톰에게 연인 이자벨이 그랬던가.
"과거는 과거에 두고 오는 게 좋다."
나도 한 부분 거기에 넣고 문 잠궈 이 정도 자유롭다.

지난 주였나. 운동을 하고 나오는데 아무개가 오더니
"덥고 시간도 많은데 매일 뭘 하냐"며 앞을 막았다.

생글거리며 자신의 특기인 김치 담근 썰을 푼다.

"수요일은 공부하러 가고, 매일 일기도 써야 하고..."

"그런 건 누구나 다 하는 거죠 뭐..."

말도 끝나기 전에 '썩소' 날리며 바쁜 듯 획- 간다.

뭐지? 내가 뭘 보고 들은 거지?

그러는 년, 30년째 일기 쓰니? 4년째 공부하니?

속된 말로 '같은 과'가 아니어서 쌩 까는 거니?

싸가지가 바가지네.

그날 오후 내내 덥고 불쾌해서 혼났다.

오늘 운동 마치고 나오는데 그 밥맛이 문 앞에 서 있다.

잊었는데 보는 순간 미간에 주름이 잡힌다.

어라, 그가 친한 척 웃으며 한가하다나 뭐라나.

사람들이 요즘 네 근황을 수근 대더라.

사람 불러내 술 먹고 노래방 다닌다고.

그런데 밥값도 술값도 안 낸다며?

그 나이에 그런 건 아무나 못하지.

3. All good everything

7월이 속절없이 간다.
푸르고 푸른 칠월이 장맛비에 다 씻기어 간다.
늦게 핀 장미는 만신창이가 되어 후줄근하고
저쪽 대추나무는 따귀를 맞은 듯 쳐지고 잎은 엉키었다.
그래도 우리의 호프인 감나무는 여러모로 자존감이 높다.
맞는 비에 어깨를 털 뿐 주눅은커녕 당당하다.

알파 문구에서 포장지와 노트를 몇 권 샀다.
마트에서 아보카도 고르는데 한 개에 3800원. 욕 나온다.
골목 한 켠의 손바닥만한 간판의 미용실이 나를 당긴다.
들어서니 우아한 실내엔 백합 향기가 가득하다.
잠깐 기다리는 사이 '국화 차'를 내어 온다.
"80세까진 염색 해야 돼요. 몇 천 들여 성형도 하는데…"
그렇구나. 그래야 할 것 같다.
"저기… 한국에서 살기 좋은 곳이 어디일까요?"
나는 뜬금없이 그녀의 대답이 듣고 싶다.
"순천이죠." 기다린 듯 그녀가 말했다.

잘 정리된 머리는 마음을 안정시키는 무언가가 있다.
집에 오자마자 약속한 것처럼 영화를 골랐다.

〈All good everything〉

실제 일어난 사건의 각색이다.

1972년, 버몬트 출신의 평범한 여성이

우연히 맨해튼의 부동산 집안 남자를 만나면서

연애와 결혼을 하고 10년 후 여자는 실종된다.

정신에 결힘이 있는 돈 많고 이기직인 남자의 살인?

결혼으로 야기되는 문제는 한 집 건너 널려 있다.

'부부의 사생활'이긴 해도 가족 문제를 넘어 사회 문제이다.

간과하지 말고 짚어야 할 몇 가지가 있다.

폭력적 성향, 편집증, 피터팬 증후군, 정서적 학대...

중독(마약, 도박, 알콜 등) 그리고 '일' 중독도 반드시 확인하라.

생계를 가장한 자신의 만족을 합리화 시키는 데엔 약도 없다.

정답을 모를 때는 나의 불안정 원인을 찾아야 한다.

나와 가정의 가치가 무시되고 있는지도 체크 포인트다.

생각은 깊게 하되 빠른 결단력이 필요하다.

'능력도 없고, 아이는 있고...' 따위는 부디 잊어라.

결코 못나지 않은 당신은

무엇이든 할 수 있고 이룰 수 있다는 걸 알아야 한다.

4. 꿈이 있는가

8월이 왔다.
오늘 수영장에선 둥둥 떠다니며 놀았다.
천정은 햇빛이 얼룩이며 섬이 되다가 바다도 되더라.

언제였는지 모르겠다.
음식과 풍광 이야기 중에 전라좌도를 추천받아
벌교, 보성, 장흥, 고흥 쪽을 돌고 있었다.
어느 아침 읍내에서 출발한 차는 남쪽으로 가고 있었다.
가도 가도 붉고 붉은 황톳길이었다.
넓고 넓은 양 옆으로는 양파 밭이라 했던가.
갑자기 한하운의 보리피리-파랑새가 중얼대듯 나왔다.
그가 사랑하는 여인을 고향에 두고 걷고 또 걸어
그 먼 소록도로 가던 길 아니었던가.

한참을 달려 바다가 보이려나 하던 그때
먼지바람 옆으로 희뿌연 학교가 보였다.
학교는 남쪽으로 서 있었는데 뭔가 눈에 들어왔다.
'I have a dream'
이 허허벌판에서 학교가 있는 것도 놀라웠고 더구나 꿈이라...
고등학교라는 짐작만 했을 뿐 더욱 놀라운 사실은

16

차 안의 누구도 학교가 있는지조차 모른다는 거였다.

꿈꾸던 그들은 지금쯤 무얼 하고 있을까.
조지아의 붉은 언덕에서 꿈꾸던 킹 목사님의 비전을
전라도의 황량한 저 붉은 벌판에 어떻게 대입했을까.
나도 꿈꾸는 아이들에게 가서 참견하고 싶고
꿈의 확장성에 대해 듣고 나누고 싶다.

우리는 늘 무언가에 쫓기듯 산다.
한 일보다 하지 못한 일이 많아 시간이 없단다.
실베스터 스탤론이 그랬나.
"필드에 가야 홀인원을 할 것 아닌가."
그의 필드는 할리우드 무대였다.
자신의 시나리오에 자신이 주인공이 되는 것이다.
배고픈 글을 쓰며 몸을 만들고 연기 연습을 했다.
어눌한 발음으로 100번쯤 거절당했지만 포기하지 않았다.
그의 꿈이 궁금한가?
그럼 그의 〈록키 시리즈〉를 만날 차례다.

5. 사람 잘 뽑자

LPGA 리코 위민스 브리티시.

한국 선수들, 올해 벌써 10승 했고 이번엔 김인경이 이겼으면

좋겠다.

이에 반해 국내외 정치판을 보면 체할 것 같다.

트럼프와 참모들도 상황을 봐가며 다른 말들 하는데,

누구에게? 바로 만만한 한국이다.

그들은 서로 다른 의견인 척 우리를 찔러 본다.

안팎의 문제로 지친 정부의 곤혹이 내게도 전해질 정도다.

정치, 사회, 경제, 문화... 그들의 처음과 마지막은

'아메리카를 위해-' 우리도 안다.

어느 쪽에선가 대한민국을 깽판 쳐 놓은 자들이

"우리가 정치 하는 것은 보수주의를 손질하고..."

한 번씩 듣던 근사한 도그 보이스다.

보수가 뭔지 아니? 우리가 할 테니 제발 근신 좀 해라.

너희들, 형편없는 위정자들 아니었으면

'위대한 대한민국'은 진즉 완성 되었다.

'배신의 정치를 끝내고 새로운 한국...' 어제 떠들어 놓고

오늘 또 싸움박질 하는 게 너희들 혁신이냐.

어느 한 쪽을 위한 정치가 국민을 대표한다고?
신보수는 됐고 다수의 서민들에 힘 좀 실어주라.
우리의 다른 것들은 세계 속에서 최상위를 향하는데
그토록 피 흘리며 외쳐온 정치와 사법부의 민주화,
도덕적 쟁점 등의 선진화는 왜 번번이 퇴보하는가.
그들의 되도 않는 '우리가 남이가' 식의 동네 마인드에
동참해 나눠 먹고 부추기는 무리들에게
어찌 지금의 혼돈스러운 시대를 맡긴단 말인가.
사람 잘 보고 뽑아야 한다.

현재 미국과 중국, 일본은 북한의 핵 도발로 설왕설래다.
가진 것 많은 그들끼리 손해 볼까 으르렁 대는 사이에
북한 달래가며 잰 걸음으로 우리 일만 하면 된다.
이런 때 일수록 다른 여러 국가와의 소소한 스킨십은
앞으로 대한민국이 나아갈 미래 생존의 필수다.
수출로 외화 좀 쟁여가며 4차 산업에 인력과 투자를 늘리자.
머리 좋고, 재주 있고, 신바람 많은 우리 대한민국.
곧 일본 넘어 세계로 간다.

6. 오지랖

며칠 전의 입추 효과인가. 바람이 달라졌다.
오늘 아침은 비 그친 후의 청량감이 가을 느낌이다.
〈어쩌다 ○○〉 재방송을 보는데
집중하던 차에 뜬금없는 음악 때문에 생각이 흐트러진다.
내용의 흥미 유발이라고? 당최 모르겠다.
이번에도 어쩌다 어른 되긴 글렀다.

밀양은 항상 기온이 높다.
며칠 전에도 39.4도였지 아마.
라디오에서 〈밀양아리랑〉을 듣다가 다시 또 놀란다.
'날 좀 보소 날 좀 보소-'
시작하는 첫 마디가 하이 톤에, 다급하다.
동지섣달 추위에 꽃 본 듯이 얼른 자기를 보라니...
어머나, 왜 그러는데? 생각을 좀 하려니
고개도 넘기 전, 급 재촉에 놀라 넘어진다.
어쩜 이리도 지형이나 사람들 성향과 닮았냐.
〈정선아리랑〉은 굽이도는 동강의 풍경과 맞물리고
〈남도아리랑〉도 예향답게 은근하고 멋스럽다.

의식이든 무의식이든 알 수 없다.

아리랑을 놓고 몇 마디 불러본 것뿐인데
이 더운 한여름에 덜컥 한복 배우기를 예약했다.
수업료는 25만원이라고 했다.
'목소리가 기운 없는 것 보니 수강생이 없나...'
나는 또 오지랖을 펴고 궁금을 담았다 풀었다 한다.

언젠가 소망교회 근처의 옷집에 있는데
젊은 여자가 급히 들어와 블라우스를 골랐다.
조금 후 실갱이가 있는 듯 해서 곁눈질을 하니
주인은 카드 기계가 작동이 안 된다고 했고
그녀는 현금이 없다며 빨리 상갓집에 가야 하는데... 한다.
그녀의 바짝 마른 입술과 얼굴이 내게 힘들다고 말하는 듯 했다.
순간, 나도 모르게 그들 사이로 가서 물었다.
"얼만데요?"
"8만 원이요..." 얼결에 내가 8만원을 냈다.
모두가 웃었다. 정말 모두가 해피한 순간이었다.
하나님은 각자의 성격과 능력을 보고 플랜을 짜는 것 같다.
어떨 땐 내게 그러신다.
'오지랖도 풍년일세... 그래도 잘했어...'

7. 큰아들 생일

2017년 8월 24일. 목.
이상한 날씨. 27도.

흐리고 비 오다가 다시 맑더니 바람이 몰아친다.
창 앞 감나무에 마음 걸어놓고 설거지를 시작한다.

오늘은 큰 아이 생일. 카톡을 쓴다.
보고 싶고, 항상 네 편이고, 사랑한다고 적었다.
무엇보다 내 아들로 와줘서 고맙다고 했다.
'보석같은 내 아들...' 끝을 맺는데 눈물이 툭 떨어진다.

그 막막하고 무덥던 여름,
만삭이 되도록 시가에서 시중 들며
수박 한 조각 먹고 싶었으나 그러지 못했다.
어른 상에서 남긴 고등어를 허겁지겁 숨어서 뜯었다.
늘 단체로 화가 나 있고 공격적이어서 없는 듯 살았다.
그렇게 해산할 즈음이 되어 친정으로 갔다.

난산 끝에 아이를 낳고 오락가락하던 중인데 그들이 와서 따졌다.
누구 마음대로 이런 좋은 독방에 누워 있느냐고.
"울 아버지가 모든 병원비, 입원비 다 낸다고 했어요."
그 쪽에선 돈 십 원도 걱정할 필요 없다고 했다.
그제서야 손자는 어디 있느냐고 물었다.

어제는 알 수 없는 열풍이 불고 엄청난 비가 내리더니
오후에는 흡사 열을 내뿜는 화덕 앞에 서 있는 것 같았다.
동남쪽에서 밀고 올라오는 뜨거운 공기와
동북쪽(시베리아?)에서 내려오는 찬 공기가
반도인 우리나라 상공에서 충돌하면서 소용돌이가-

남남북녀로 만나면 좋다고 했던가.
내 경험으로 보면 아니고, 아닌 듯하다.
비슷한 행사와 공통의 무엇으로 살아야 적응이 쉽다.
집안 다르고 생활 다른 것을 사사건건 잘못으로 몰아가니
뜨겁고 찬 공기는 아무것도 아니다. 그런 좌불안석이 없다.

감나무 잎들이 부르르 몸을 떨더니 후두둑- 소나기 긋는다.
걸어 놓았던 '나'를 가만히 털어내고 안아 준다.
큰아이로부터 답장이 왔다.
읽기도 전 그 해 여름이 와락 내 목에 감긴다.
뒤이어 땀인지 눈물인지 자꾸만 흘러내린다.

8. 주고받기

따뜻한 아침 월요일이어선지 바깥이 부산스럽다.
뉴스를 보는데 보고 싶지 않은 얼굴이 나온다.
새로 청문회 하는 사람과 이어서 그 화상이 나왔다.
이제 더 볼 일 없으니 잘됐네.

어제 윤숙이는 오래된 TV가 말썽이라며 전화를 했다.
괜히 보고 있는 내 것이 그 집에 딱일 것 같았고
마침 바꾸려는 마음도 있던 차에 잘 되었다.
오늘 저녁에 아들 인호가 퇴근하면서 가지러 온단다.
덕분에 나는 원하던 큰 화면으로 영화를 보고...
'아나바다' 하며 사는 게 우리네 생활이다.

아, 저번 날 얘기도 해야겠다.
백화점에서 밥 먹고 수다를 떠는데 희령이가 안 보였다.
화장실 간다며 나와 둘러보니 저 쪽에서 온다.
집에 어울릴 만한 소파를 구경하고 왔단다.
생각보다 엄청 비싸다고 고개를 젓는다.
갑자기 '아담한' 내 소파가 그 집에 안성맞춤인 듯싶다.
"너희 거실 분위기와 마루 색... 내 소파랑 어때?"
우리는 비슷한 취향에 잡동사니 주고받는 사이다.

사실 여름 가면서 바꿀까 했는데 타이밍이 환상이다.
그제 오후에 희령이는 소파를 가져 갔다.
그리곤 당장 저녁에 전화가 왔다.
세팅을 끝냈더니 사이즈, 쿠션까지 완벽한 깔 맞춤이란다.
난 진즉 알았다니까.

아까 저 화상이 채널마다 나오네.
네가 절대 안 모신다며 악을 쓰던 네 부모.
장례식으로 부조 장사 억 소리 나게 했다며?
그리고 니 마누라. 언젠가 내 앞에서 뭐라고 따지던데
얼굴 한 번 본 사이거든? 어찌 그리도 부창부수인지...
다래 넝쿨 담 넘어 가 봤자 한 열매라더니.
참... 저번에 큰 아이 보러 가는 비행기에서
승무원이 네 얼굴 있는 신문 주길래 접어서 갔는데
마침 근처 공원에서 바베큐 한다고 불쏘시개가 필요하더라.
나 혼자 살기 바빠 이것저것 다 잊고 사는데...
이상하게 한 번씩 세상이 들추어내네.

9. 보고 싶은 영화

지난 며칠간 재채기와 눈물, 콧물 범벅이다.
가을이 나를 조리돌림하는 것 같다.

북쪽의 핵 위협, ICBM 발사, 트럼프의 강경 발언...
나라 안팎도 뒤숭숭하고 종편에선 대피요령과 함께 겁을 준다.
사회 전반의 상황도 불투명하고 혼란스럽다.

트럼프 전에도 미국의 '세계 중심'은 당연했고
모든 길은 미국으로- 였지만 이젠 헷갈리고 아리송이다.
트럼프의 미국은 국가 간의 예의도 친구도 안중에 없는 듯...
유럽도 즈이끼리 눈치를 나누는 듯하고
중국은 '돈' 믿고 세계를 누비지만 결과는 알 수 없고
일본은 예나 지금이나 속 보이는 장난질 중이다.

부산 사하구의 여중생들이 또래를 폭행, 동영상을...
무슨 세상이 15살짜리들이 피 흘리는 장면을 찍고...
듣는 데도 화가 나고 어처구니가 없다.
가해 아이들, 부모들도 이참에 엄하게 교육 좀 받아야겠다.
대책 없는 아이로 방치하고 양육한 부모 책임이 더 크다.

정치판도 대책 없기는 마찬가지다.

이 어수선한 세상의 뒤편에 그들만 앉아 있다.

국회의원 누가 어쩌구 하는데 추해서 고개 돌렸다.

오죽하면 그를 뽑은 동네가 궁금했으려나...

이 엄청난 정쟁의 시대에 대처하는 수준이라니...

그리 인재가 없어 우물 안에서 떠드는 사람을 뽑나.

오늘은 보고 싶고 기억에 남는 영화들 골라본다.

무언가 추스리고 싶다거나 결핍에 대한 생각을 할 때...

이들 영화는 삶을 여러 방향에서 바라보게 했다.

〈포레스트 검프〉, 〈스파이 게임〉, 〈솔로몬의 딸〉, 〈이너프〉,

〈후라이드 그린 토마토〉, 〈티벳에서의 7년〉, 〈Out of Africa〉...

다음은 '게리 쿠퍼'의 영화들.

〈누구를 위하여 종은 울리나〉, 〈우정 있는 설득〉...

'올드 무비'라고? 지금도 되풀이될 수 있는 상황이다.

그래도 내 생애의 영화는 오마 샤리프의 〈닥터 지바고〉

이렇게 저렇게 사는 게 시시하다고 했나...

이 영화가 대답이 될는지 모르겠다.

10. 나이 들면…

2017년 9월 15일. 금.

맑다.

오늘, 하늘 보았니? 시월이 질투할 것 같아.
저 경쾌하고 맑은 푸른색 하늘 좀 봐.
포용력으로 주위 아우르며 살라고 한다.
네… 노력 하고 있어요.

오늘은 〈Joy luck club〉의 엄마들처럼 수다 떨고 싶다.
매주 목요일이던가… 고향 친구들과 마작하며
살면서 생기는 희노애락 쏟아내고 즐긴다.
너무 오래 전에 본 영화라 세세한 내용은 모르겠다.
나도 요일 정해 루미큐브하며 떠들고 싶다.

예전 임인숙과는 몇 시간을 있어도 할 말이 넘쳤다.
맑은 성품에 성실한 그녀는 머리도 능력도 뛰어났었다.
무엇을 하든 그야말로 코드가 맞았다.
사려 깊지 못한 내 처신으로 멀어지고 말았는데
우리가 나눴던 삶에 관한 것들이 얼마나 흥미진진했던가.
지금은 거리도 시간도 너무 멀리 떠나왔다.

요즘 나와 비슷한 나이의 사람들을 만나다 보면
돈과 건강에 너무 치우치는 것도 그렇고

나이 들면 배운 놈, 못 배운 놈, 똑같이 이해가 딸리니
웃고 버리는 가십 같은 얘기하란다.
연예인 돈 많은 것과 사생활이 우리와 뭔 상관인데...

어제, 어릴 때의 친구들 모임에서 나온 얘기다.
75세 노인이 건강검진 후 의심되는 용종이 있어
자식들에게 말하니 의견이 갈렸다는데...
담당의사는 암으로 되려면 10년이 걸리니까
그땐 벌써 죽을 때라고 했단다. 누구 마음대로?
의사 말이 맞댄다. 맞긴 개뿔...
"그건 의사의 소견이고 본인이 결정 할 문제"라는 내말에
말 꺼낸 아무개는 처진 눈꺼풀을 파르르 떨며
자신이라면 절대 수술 안 할 거란다. 그건 네 자유이고...
"○박사가 내시경 싫다하니 5만 원짜리 권유해서
팜플렛 가져 왔는데... 안보고 버렸다."
이쯤 되면 무슨 늙은 유세 하는지... 무슨 말인지...
늙어 가는 게 잘못도 아니고 미안한 일도 아니지만
요즘엔 어떤 마음으로 살아야 될지 헷갈린다.

11. 고구마

날씨 탓인지 자꾸만 처지는 나를 붙들어 맨다.
운동과 취미생활로 '심신의 근육화' 정말 중요하다.

한때 어설픈 이상주의에 빠진 일도 생각난다.
같은 일이라도 다르게 받아들인 것도 많다.
학창시절엔 까뮈나 레마르크를 한 번씩은 거쳤으리라.
러시아 작가들에 열광하고 헤르만 헤세도 사랑했었다.
그러나 무엇을 좋아했든 모든 건 결혼과 동시에 사라졌다.
그랬다. 내가 저지른 건 내가 설거지 하는 것...
어쨌든 내가 해결하면 되었다.

분명한 건 생존은 전적으로 자신에게 달렸다.
의지하지마라. 영원한 것도 없지만 믿을 수 있는 것도 드물더라.
모든 건 관계에서 생기니 자유로울 수 없다면 포기하라.
딜레마에서 빠져 나오는 것이다.
걱정 마라. 이건 옳고 그른 게 아니다.
삶의 방식은 너무 많고 각자의 성격과 능력대로 살면 된다.

은행에 들러 일을 보는데 달력이 눈에 들어온다.
"요즘엔 수채화가 은근 좋더라구요."

갑자기 박 팀장이 고구마 좋아하느냐고 묻는다.
고향 안면도에서 엄마가 고구마 농사를 짓는단다.
나는 손사래를 쳤고 얼결에 받은 달력을 안고 돌아 왔다.

몇 해 전 삽교 근처의 세심천에서 온천하고
슬슬 내려가니 안면도였는데 특산품이 고구마란다.
엄청 큰 플래카드에 '안면도 꿀맛 ○○고구마...'
곳곳에 같은 상호의 크고 작은 광고가 널렸다.
우리 일행은 좀 많이 사기로 했고 주소를 찾아갔다.

웬걸... 가게는 큰데 텅 비었다. 창고가 따로 있나...
전화를 하니 어떤 남자가 느릿하게 받았다.
"○○고구마죠?"
"그려..."
"지금 가게 앞인데 고구마가 없네요..." 말이 없다.
"우리는 대여섯 박스 필요하거든요..." 조용하다.
"저기요... 물건이 없으면 광고하면 안 되죠..."
그제사 가만히 듣던 그가 말했다
"그렇게나 고구마가 먹고 싶어유?"

12. 추석맞이

추석맞이 하려고 채비하는 날씨다.
바람은 달짝지근하고 햇빛은 아양을 떤다.
어느 집에선 된장국을 끓이는가보다.
이즘엔 이것도 은근한 가을 냄새로 느껴지네.
저번 날 물향기 수목원에서도 가을 솔향기가 왔었나.
3인조 밴드는 달콤한 팝송으로 사람맞이 했었고...

아침 청소를 하는데 누가 문을 두드린다.
"칼 좀 갈아 드릴려구요." 경비 아저씨다.
칼 가는 기술도 있구나... 늘 말없이 부지런하시다.

나는 좀 느리고 늦게 깨우치고 그랬었다.
빨리도 못하면서 쉽게도 못하니 힘들어서 투정도 했다.
아이들은 뭐든지 후다닥 끝내고 놀러 나가는데
나는 생각하다 뭉개다 겨우 마치기나 했나...
5학년 즈음 나는 유년 주일학교를 열심히 다녔는데
모 집사님이 종을 칠 때마다 그 리듬이 너무 좋았다.
일정한 반복이지만 울림이 오묘하고 가슴이 뛴다고 할까.
어느 수요일... 집사님께 한번 해보고 싶다고 했다.
줄의 당김이나 놓아주는 간격, 힘 조절 등을 본 대로 설명하니 그 분은 놀라긴 해도 한 번 같이 당겨 보자고 했다.
처음엔 매달리듯 벅찼지만 어느새 힘의 요령이 생겼다.
그 풍성하고 내 전체를 깨우던 소리... 어찌 잊으리오.

아저씨가 잘 갈은 칼을 돌려준다.
얼마를 드려야 할까요? 물으니 추석선물이란다.
김 한 박스를 드리니 거절, 거절하시다 마지못해 받으신다.
나도 아저씨도 둘 다 기분 좋은 하루다.

여행 중인 막내는 잘 지낸다 하고
나는 그림도 그리고 미싱 꺼내 놓고 옷도 가방도 만든다.
오늘은 나도 오랫만에 '말러'를 듣기로 한다.
큰오빠는 말러를 들을 때마다 눈물이 난다고 했던가.
내 살아온 날을 통틀어 가장 영향을 받았으며
어떤 상황에서도 긍정적인 방향으로 이끌던
다재다능하고 커다란 상수리나무 같던 내 오빠...
말러 교향곡 2번... 루체른 필의 아바도 지휘로 듣는다.
가슴이 뛰면서 자꾸 눈물이 난다.

13. 페넬로페

구월이 떠들썩하게 가더니
시월은 어쩜 이리도 소박하게 왔는지
원피스를 입고 맨발에 로퍼를 신었다.
철물점과 마트에 들렀다가 옷가게도 기웃거린다.
새로 생긴 카페의 분위기에 끌려 맛있는 커피도 샀다.

윤숙이는 대명포구 언제쯤 갈 거냐고 묻는다.
새우젓도 사야 하고 갯벌 보며 새우구이도 먹어야지...
그래야지... 갯냄새와 떠들썩한 시장구경 해야지...
"얘, 우리 시골엔 안 갈거니?"
달력의 날짜를 보니 너무 많은 것들이 적혀 있다.
메이크업 배우기도 끊었고 수채화 레슨은 한창 진행 중이다.
막내는 시애틀에 있고 내달 3일쯤 온다는데
그 사이 내가 너무 욕심을 부린 것 같고
솔직히 내 열정을 재능이란 놈이 비웃는 것 잘 안다.

커튼을 내리고 영화를 본다.
페넬로페 크루즈의 〈코렐리의 만돌린〉이다.
2차대전 때 그리스의 케팔노니아 섬에서 있었던 실화이다.
전쟁은 처절하고 사랑도 애잔하다.

점령지의 상황, 사람들, 사건들은 서러움을 증폭시킨다.
엔딩이 다가오면서는 조금 느슨하고 미진하다.
극적인 반전의 기대가 너무 컸던 것 같다.
니콜라스 케이지의 진정성 없는(?) 연기인가도 싶고...
이건... 순전히 내 욕심과 의심 탓이다.
지중해 작은 섬이 주는 풍경과 사람들의 일상들,
전쟁이 주는 아픔과 고단한 편린도 충분하다.

페넬로페... 오래 전부터 그녀가 그냥 좋다.
이 영화에서도 그녀의 무표정... 상상력을 건드린다.
색 바랜 후줄근한 원피스에선 매듭진 것들이 풀어진다.
눈길 끄는 제스처 없이도 그녀는 사랑스럽다.

친구의 안부 전화에 한결 느긋한 내가 속삭인다.
"지금 영화보고 있어... 나중에 시간 내서 얘기해 줄게...
근데 있잖아... 이 좋은 계절에 이 좋은 나라에서
살아가는 모든 게 감사하지 않아?
정말, 다 감사하고 아름다워..."

14. 메이크업

디스커버리 채널에서 거푸 세 개의 다큐를 보여 준다.
〈Bushcraft〉, 〈Alaskan bush people〉, 〈Homestead〉.
자연과 인간의 공존은 언제나 숙제 같다.

오래전 토론토의 어느 집에 초대를 받아 갔었다.
앉은 자리 맞은 편의 벽에 무엇이 걸려 있는데
내 사는 동안은 매순간 자세를 가다듬는 글귀였다.
나는 실례를 무릅쓰고 어디서 구입할 수 있냐고 물었고
내 간절함이 통했는지 그 분이 벽에서 떼어 주었다.
아... 어찌나 감사한지 떨면서 받았던 것 같다.
수십 년의 시간과 수많은 도시를 옮겨 다녔음에도
지금도 저쪽에서 그때처럼 조용히 일러준다.

촌스럽다고 했던가... 바로 내가 그 주인공이다.
시래기 된장국은 길 가다가도 얻어먹고 간다.
거기에 꽃무늬 원피스는 내 패션의 중심이다.
'저 솔로몬의 옷보다 더 귀한 백합화.'
요즘은 남의 집 꽃밭에서도 부른다.
내가 좋아하는 게 부귀나 영화에 관계없어 고맙고
내 촌스러움이 자연친화라서 정말 좋다.

3시 메이크업 예약으로 조금 일찍 도착해
기초부터 설명 들으며 한 쪽이 마무리 돼가는데...
50대 중반의 여자가 자기 차례라며 강사와 나를 훑어본다.
아마도 그녀는 원장과 3시로 예약을 했던 것 같다.
원장과 강사는 서로 예약 상황을 의논치 않았던 거고...
그녀는 어쨌건 30분이나 늦게 나타난 것 아닌가.
"여기 끝나고 신세계백화점 인문학 강좌 들으러..."
그녀는 자신이 바쁜 사람이라는 걸 강조한다.

원장은 뻘쭘히 대책 없고, 강사는 발그레 당황이고
나는 엉거주춤인데 오직 그녀만 당당하다.

엄밀히 따지면 '나'만 잘못이 없다.
집게 핀 꽂고 한 쪽 분칠한 촌스런 내가 일어났다.
내 옆의 그녀가 밀치듯 재빨리 앉는다.
잡지 한 권 들고 옆 쪽 창가에 앉았다.
얼마쯤 지났을까... 그녀가 내 옆을 획- 지나간다.
인문학은 됐고 나도 세상살이 강좌 하는 곳을 좀...

15. 분수 알기

따뜻하고 상쾌한 날씨가 계속된다.

어찌 이런 꿈같은 시월이라니... 혼자 바빴다.

그러느냐고 운동도 빼먹고 온갖 참견하고 다녔네.

화요일, 드디어 치마 저고리 완성했다.

수요일, 청량리 롯데에서 옛 친구들과 밀린 수다 떨었다.

덕분에 청량리 시장을 처음 구경했다.

목요일, 지난 번 스케치 해놓은 장미를 대략 끝냈다.

내 한계를 절감한다. 그림은 타고난 재능이 필수이다.

금요일 오후, 메이크업 배우러 갔다.

다듬고 매만지다 보면 표정도 생기고 기분도 좋다.

늙은 얼굴엔 무슨 짓을 해도 안 된다고?

주름은 놓아두고 어느 정도 센스 있는 치장은 필요하다.

막내가 사진 몇 장 보내와서 보는데 기도가 나왔다.

플로리다로 가는 중이라고 했다.

만나는 사람들마다 좋은 영향을 주고받게 하소서.

항상 선한 것을 만나고 보도록 도와 주소서.

어두운 길을 가지 않도록 보호하고 인도해 주소서.

좋은 영화를 보면서도 느끼지만
내가 별 관심 없는 사람들이 나누는 대화에서도
무심코 읽는 글에서도 내가 놓치고 사는 것들을 깨닫는다.
다양한 능력과 기술을 가지고도 겸손한 자세를 본다.
지혜롭고 현명한 사람들이 우리 사회를 견인하고 있구나.
늙어 간다고 포기하는 것도 안 되지만
능력, 체력 무시하고 덤벙대는 짓도 안 되겠다.

화분에 물을 주며 보니 곧 추워지는데 새싹을 내 보낸다.
저 생명은 물과 햇빛을 받고 할 일을 할 뿐이다.
나야말로 그냥 받은 것들... 챙기지도 앞가림도 못하면서
분수 넘치는 짓에, 교만 떨며 살았구나.
내가 나를 좀 꼬집는다.
나는 꼬집혀도 아- 소리도 내지 말아야겠다.

'우리는 갖고 있는 열다섯 가지 재능으로 칭찬 받기보다
지니지도 않은 한 가지 재능으로 돋보이려 안달한다.'
마크 트웨인 씨가 백번 맞는 말 했다.

16. 돈가스와 가자미

그제는 경주가 맛있는 돈가스를 사 준단다. 왜?
그냥 얼굴 보고 싶고 집 근처에 맛있는 밥집도 생겼고...
"복희는 벌써 두 번이나 먹고 갔어..."

올라가니 아파트 입구엔 꽃들이 만발해 탄성이 나온다.
마침 경주 남편이 밥을 사겠다고 앞장을 선다.
우리가 간곳은 왕돈가스였다. 그런 사이즈는 처음 봤다.
그러고 보니 저번에도 대구탕을 대접 받았었네...
근처에서 맛있는 커피 사고, 집으로 올라가
햇빛 좋은 거실에서 밀린 얘기들 풀어 놓는다.
사 놓은 건물이 두 배나 올랐다는 재테크... 열심히 들었고
나도 궁금한 것들을 묻고 배운다.

영자, 희령이가 꼭 보자고 해서 일찍 길을 나섰다.
영자는 텃밭 농사 한 것들 주고 싶다 하고
희령이는 포항에서 온 생선으로 밥 해주고 싶단다.
"농사 한 것들은 두고두고 먹고... 생선은 냉동에 어쩌구..."
열심히 사양했으나 보고 싶다는 말에 기가 꺾여
소풍 가듯 즐거운 마음으로 내려 간 것이다.

입구에서 만나 단풍구경도 하고 사진 몇 장 찍는다.

그리고 아파트 현관을 들어선 순간

정리된 거실 한 켠에 우아하게 앉아 있는 소파라니...

어쩜 크기와 색깔, 모양과 쿠션까지 딱이다.

'보는 사람들마다 예쁘다고 난리...' 울컥했다.

점심은 정성으로 넘쳤다.

전복장 만든 수고를 들으니 더 맛나고

가자미 구이는 고소하고 미역국은 감칠맛이 그만이다.

내 좋아하는 콩잎 장아찌는 따로 챙겨준다.

영자도 어제 벌써 고추와 호박이며 택배로 보냈단다.

나는 캐리어를 열어 가을 옷을 좌르르 쏟아낸다.

우리 셋은 옷 사이즈도 비슷해 나눠 입기 그만이다.

에그그... 웃다 보니 해가 지려고 한다.

정 많은 친구들 덕에 내가 얻는 게 더 많다.

올 가을 진심을 나눠준 너희들 복 받아라.

17. 오빠 1주기

작은오빠 떠나고 1년 되었다.
올해도 시월 하늘은 이토록 푸르고 고운데...
먼 길 떠난 오빠 소식은 들을 수 없다.
올케언니가 분당 파크빌에 같이 가자는데
가족들과 다녀오라고 했다.
언니... 우리 부모님 생전에 잘 해 드린 것 고마웠습니다.
우린 동갑이고 서로 존댓말에 얼굴 찡그린 일도 없다.

몇 해 전 시월의 2박3일 여행... 마음 저릿하다.
오빠 내외와 풍기 관광호텔의 객실에 나란히 누워
입담 좋은 오빠의 유럽 여행기 듣느라 얼마나 웃었던가.
풍기의 맑은 공기, 인견, 사과, 인삼, 장날까지...
아침 호텔에서 먹는 국밥조차도 어찌나 맛있던지...

인물과 인품 좋아 모두의 사랑 참 많이 받았고
하나님과 자연을 사랑했던 맑고 다정했던 작은오빠.
이 생에서 오빠 동생으로 만나 감사했습니다.
한강변 벚꽃 진다며 빨리 오라던 목소리 간직하고 있어요.
만날 때까지 늙지 말고 청바지 입은 그대로 계세요.

옷을 대충 입고 나와 저쪽으로 걸어간다.

그냥 동네 한 바퀴 돌고 싶을 때 있지 않은가.

벽 색깔 그윽한 집에 들려 막 내린 커피 받아 드는데

'한마디 변명도 못하고 잊혀져야-'가 나온다.

아... 벌써 10월이 가는구나.

잊혀진들 어떻고 변명하면 또 달라진다던가...

외나무 다리를 건너는 내가 보인다.

그렇게 삐걱대는 다리 위는 또 얼마나 많이 지났던가.

눈앞으로 복사꽃, 능금꽃이 천변 가득히 펼쳐진다.

어머나... 최무룡의 목소리는 아직도 설렌다.

내 첫사랑 찔레꽃잎이 눈치없이 흩날리네...

사노라 힘들 때면 무심코 개울을 건너고 있다.

징검다리도 지나고 소나기도 맞는다.

젖은 옷 마를 때 쯤 저 켠 언덕 위에 뜬 무지개를 본다.

갑자기 배가 고프다.

모르겠다. 오늘은 국밥을 꼭 먹어야겠다.

18. 갈릴리

새벽에 잠이 깨어 라디오를 켜다 끄다 했는데...
꿈꾸다가 일어나니 9시가 되어간다.
〈나사렛교회〉라고 했고 5,6학년쯤의 아이들에게
'세계인으로 살기...' 어쩌고 하고 있었다.
무슨 이야기기인지... 내 능력 밖인데 자신감은 의외였다.
박사학위 있거나 전문가만이 강의 할 수 있나...
언제 베드로가 자격 되어 부름 받았나...
빌립이 올리브 나무 아래 있을 때
예수님은 그를 데려오라 하셨다.
'어떻게 나를 아시고...'

요한복음 9장에선가 눈을 뜬 소경이 말한다.
"그 분이 죄인인 줄은 모르겠으나
내가 아는 건 그 분이 내 눈을 뜨게 한 사실"
아무것도 모르던 어린 나를 그 분이 교회로 데려 가셨고
그 후 어둡고 힘든 길에서 헤매던 나를 인도해
여기까지 오게 하셨음은 사실이다.

Sea Eagle... 아들 집에 머물 때였다.
그곳은 따사롭고 평화로워서 참으로 안락했었다.

매일이 휴일 같던 어느 날, 바깥 수영장을 보고 있었는데
'갈릴리 바닷가에서...' 갑자기 눈물이 쏟아졌다.
지나간 때... 간절한 내 기도를 들어 주셨고
가난하고 별 희망이 없던 갈릴리에 서 있던 내게
알고 있다며 갈 길을 열어 주셨던 예수님...
하찮은 나를 돌아 봐 주시고 이름 불러 주셨던
그 분이 너무도 감사해 목이 메었던 것이리라.

By the sea of Galilee I am
When the Lord asked of me
My beloved child, do you love me?
Oh Lord, only you know my heart

"내가 할머니 노래 듣고 영어로 써 보았어..."
손자 준이가 쪽지를 건넸다. 열두 살이었나...

'어두운 밤에 캄캄한 밤에 새벽을 찾아 떠난다.
종이 울리고 닭이 울어도 내 눈에는 오직 밤이었소.
...오 주여, 당신께 감사하리라. 실로암 내게 주심을-'

19. 희령이

십일월이 벌써 반이 지났다.
앞뒤 마당의 대봉감은 한 접이 넘게 달려 있고
온갖 새들은 모여서들 겨울 준비로 왁자지껄이다.

지난 며칠간 많은 일을 했고
그 중 애썼던 건 크고 작은 지갑 20여개 만든 것이다.
약을 넣거나 화장품, 악세사리 넣는 용도로 쓰지만
누구는 통장과 도장을 넣는 보물단지란다.
사이사이 생강청과 무말랭이도 만들고
운동하고, 바느질하고, 겨울옷 꺼내 손질하고...
간만에 스케치하고 물감 섞는데 희령이가 전화했다.
이야기 듣는데도 숨이 차고 아득해진다.

딸 이혼 문제로 속이 타서 어찌 살았나 싶은 중에
작은 오빠는 뇌사 상태라고 연락이 오고...
친정엄마는 94세로 요양병원에 계셔서
매주 한 번 죽을 만들어 포항까지 내려갔었다.
거기에 사돈과 교대로 손녀를 봐 주던 차에
손녀 손가락에 눈을 찔려 안과 치료 중이란다.

그런데... 그녀가 다시 말을 잇는다.

지난주, 근처에 있는 스님에게 전복장을 드렸는데

인기가 좋아 다시 주문을 받았고 내일 보내면서...

나도 모르게 소리를 꽥 질렀다

"아니, 스님들이 고기 맛을 알았나..."

이건 내 편견이다. 누구나 맛있는 음식 못 먹을 이유 없다.

문제는... 하는 김에 내 것까지 만들어 어쩌구...

여기서 나는 그만 폭발하고 말았다.

아이고 아서라... 그러지 마라... 내가 벌 받는다.

네 마음 알고말고, 여기에 더하면 내가 못 산다.

그리고 떠오르는 몇 가지 주섬주섬 위로하는데

'할렐루야...'

갑자기 그녀가 이렇게 중얼거린다.

그녀는 교회를 다닌 적도 예수님도 모른다.

오... 좋으신 하나님 감사합니다.

지금 그녀에게 건강과 지혜가 필요하거든요.

제발 좀 도와주시면 안 될까요.

20. 국끓이기

2017년 11월 18일. 토.
맑다. 영하 4도.

새들도 놀러오지 않았다.
머뭇대던 11월이 며칠 사이 영하로 곤두박질이다.
아침 준비하는데 자꾸 가라앉는다.
저번에 누가 그러더라 "어머나, 아직도 갱년기해요?"
요즘 따라 김광석 목소리가 더 깊게 들린다고 했었다.
만일 내가 〈아침이슬〉 어쩌구 하면
"운동권이었어요?" 할랑가...
그때도 지금도 김민기의 노래... 정말 좋아한다.

이런 날엔 어떤 국을 맛있게 끓일까.
엄마는 가을 들면서 소고기무국, 도미국을 끓였다.
도미는 센 비늘 잘 치고 대파 많이 넣어
뽀얗게 푹- 고은 뒤 미나리 넣고 소금 간 했었지.
무 채 썰어 멸치 육수에 된장 넣은 국도 깔끔한데
오늘은 살집 좋은 갈비에 큼직한 무 넣어볼까.
국물 남으면 떡국 끓여 먹어도 되고...

헝겊 바구니를 당겨 놓고 구경한다.
저번 날 얼핏 떠오른 가방을 머릿속에서 샘플링한다.
딥 블루 바탕에 꽃무늬... 손잡이는 황토색 가죽 자른다.

그 사이 머리도 맑아지며 기분도 덩달아 올라간다.
엄마는 내 헝겊들을 보면 뭐라고 하실까.
"또... 몽골 놈의 보따리 같은 얼룩덜룩 골랐니?"
나이 들수록 풍부한 색이 정신건강에 참말로 좋은디...

해 기울고 국은 끓고 있다.
이 켠 구석에서 김광석의 〈혼자 남은 밤〉을 듣는다.
그의 죽음과 딸의 죽음에 이르기까지
그녀의 처신과 저작권료가 엮이며
우리 대부분의 허탈과 연민은 계속 복잡하다.
그의 목소리가 자긴 괜찮다고... 자분자분 설득한다.
그렇지만 오늘... 너무 담담해서 오히려 먹먹하다.
'잘 계시죠? 늘 고맙게 듣고 있어요.'

어제 평가옥에서 점심들 먹고 나오는데
복희가 책을 선물했다.
작가 싸인 받으려고 줄까지 섰단다. 이리 고마울 데가...!
네가 준 식물도 잘 자라고 있어...

21. 생일

2017년 11월 23일. 목.

맑다. 5도.

'나를 이 땅에 보내주신 하나님... 감사합니다.'
눈 뜨자마자 내가 나를 껴안아 주며 기도를 하는데
막내가 노크하며 빼꼼히 문을 열고 웃는다.
나를 포옹하고 카드를 주며 사랑한다고 말해준다.
'세상에서 가장 사랑하는 엄마, 생일 축하해~'
카드를 읽으려니 목젖이 아려온다.
낱말쓰기 하던 꼬마가 이제 문장으로 나를 울린다.
피넛 바른 노릇한 빵과 아보카도, 사과와 계란 프라이,
그리고 향기 좋은 커피를 대접 받았다. 땡큐!

카톡을 보니 어제 통화한 며느리가 보냈네...
'어머니, 또 한 번 생신 축하 드려요.
저는 어머니가 저희 어머니라 너무 감사하고 좋아요.
제가 복을 참으로 많이 받고 있다는 걸
어머니를 떠올릴 때마다 어머니랑 통화 할 때마다
새삼 매번 느껴요. 정말 즐겁고 좋은 하루 되세요.'
총명하고, 잘 베풀고, 일도 살림도 어찌 그리 뛰어난지...
지금도 나는 너에게 늘 배우는게 많아...
나도 네가 우리 며느리 되어 정말 고마워...

50

어제 몇몇이 점심과 커피를 나누고 헤어져
학교 옆으로 오는데 은행잎이 꽃잎처럼 떨어졌다.
아이처럼 양 팔을 벌리고 서서 한참 놀았다.
집에 오니 딸에게서 등기우편이 와있었다.
전화에서도 익숙한 목소리가 시냇물처럼 흐른다.
"카드 고르는데 엄마와 살 어울리는 그림이 있더라구..."

현관 앞 포치, 테이블 위에 책과 사과 한 개, 머그잔...
흰 등나무 의자에 쿠션 2개, 투박한 마루와 매트
그 옆 바켓엔 데이지와 소라 고동이 담겨 있다.
커다란 창문과 푸른 하늘 사이... 흰 커튼이 펄럭인다.
저 멀리 터키 블루색 바다에 작은 배 두 척 떠 있다.

소파에 누워 이런저런 기억으로 뒤척이는데
희령이가 빨리 집 앞쪽으로 나오란다.
후다닥 나갔더니 전복장 한 통을 들고 서 있다.
아이고 이 사람아... 이 시간에 그 먼 데서...

22. 김장

앞집 김 선생님이 감을 몽땅 땄다며 2개를 주신다.
"까치밥은요?" 나는 숨이 넘어간다.
"두개 남겨 뒀어요."

김치 양념 만들다가 생각에 빠져 절여지는 줄 알았다.
이루마의 곡들을 들으며 차분히 하는 중에
느닷없이 큰 올케언니가 너무 보고 싶었다.
떠들썩하던 얘기들, 웃음소리, 맛있는 음식까지...
특히 '김치'는 대적할 사람이 없을 정도였다.
살림살이는 늘 반짝이고 청소도 거른 적 없다.
맞아... 라디오가 항상 켜 있었구나.

어느 해 추수감사절 즈음 큰오빠와 새언니는
방학을 맞은 아이들과 나를 오리건으로 초대했었다.
외국의 작은 도시에 살던 우리가
비행기를 세 번이나 갈아타고 도착 했을 때
이름 부르며 달려와 몇 번이나 꼬옥 안아주던 새언니...
내가 중2 겨울방학이었나.
예쁘고 천사 같던 큰언니가 28세에 갑자기 세상 떠나고
시집 온 지 얼마 안 된 새언니를 의지했었다.

손 크고, 정 많고, 무엇보다 나를 예뻐라 해준
참으로 다정했던 언니... 아프지 말아요.

그럭저럭 적힌 순서대로 양념을 끝냈다.
양지 넣은 무국 끓이고, 병어조림도 했다.
백명란 칼집 넣고 참기름에 참깨 솔솔 뿌린다.
한식은 정말 사람 마음을 콕 집어 구슬린다.
일단 느긋하게 점심 먹고 버무리면 김장 완성이다.
혼자 희희낙락하는데 윤숙이 전화다.
"절임배추 왔어?"
"엉..."
"지금 하는 중이야?"
"점심 먹고 하려고..."
"혼자 하니? 넌 참 대단해.
난 아들 며느리 불렀어. 같이 만들어 나누려고..."

김치통 꺼내려고 보니 옆에 빈 통이 눈에 띈다.
막내가 맛집에서 사다준 간장게장통을 씻어 둔 것이다.
한 번 더 헹구고 잘 말려서 감사통으로 써야겠네.
모든 일상이 감사, 감사다.

23. 선데이 모닝

겨울 찬비가 밤새도록 내렸다.
마치 겨울 빗소리 한 번 들어봐 하듯 내렸다.
라디오에선 글렌 캠벨의 노래가 나온다.
60년대 컨츄리 음악이라... 그가 4번이나 결혼했다고?
사랑은 케미스트리의 술수에 몇 번인들...
하지만 결혼은 자신이 하는 결정 아닌가?

달콤함이 씁쓸하게 끝나는 건 세상 이치다.
'절대'라는 건 없고 '영원'도 헛소리인 건 철들면 아는 것.
눈멀고 귀멀어 미쳐보는 경험도 살면서 해볼만 하다.
그 어떤 것으로 미쳐 헤맨다 한들
그 어떤 게 아무 것도 아닌 걸 깨닫는 건 중요하니까.

일요일 아침, 모두가 교회에서 좋은 말씀 들을 때
나는 이편에서 예수님 오시나 기다리고 있었다.
내가 지쳐 웅크렸을 때 저만치 그분인 듯 말씀하셨다.
끄집어 내지 못한 것, 다 아신다고 토닥이셨다.
오, 주님! 당신만이 아십니다.

나는 교회를 찾아 멀리, 멀리까지 갔었다.

그곳 저곳에도 예수님은 뵙지 못해서 더 멀리 갔었다.
혹시나 해서 가니 언제 떠났는지 안 계시더라.
생각해 보면 내가 무지해 몰랐었다.
갈릴리로 가시는 길에 빌립을 만난 예수님은
나를 따르라고 하셨다.
아무 말 없이 따른 빌립을 알면서도
나는 내 추측으로 예수님을 찾아 다녔다.

무슨 일을 하려면 이끌어 줄 누가 있어야 일이 수월하단다.
난 가진 것도 능력도 힘도 없는 백수였다.
해 본 일도 아는 깃도 없어 찾을 생각조차 못했다.
무엇을 어찌 해야 될지 그 막막하고 힘든 때
내가 알고 있는 오직 한 분을 간절히 기다렸다.
그렇게 덜컥 하나님은 내 멘토가 되어 주셨다.

큰 교회 다니시는 분이 어느 교회 나가는지 물었다.
"저어기... 하나님 교회라고..."
"거기가 어딘 데요?"
그게 그러니까... 설명이 좀 길거든요.

24. 돼지가 넷

명이, 송이, 순이와 굴전과 매생이 떡국을 먹는데
송이가 요 근래 있었던 일을 말한다.
성가대에 70대 후반의 어떤 분이 수십 년간 봉사했는데
앞줄에 계시면서 음 이탈이 많고 화음도 잘 안 되어
이젠 쉬시는 게 좋겠다고 한 얼마 뒤, 돌아 가셨다고...
자신이 즐겨하던 일상을 거절당한 것도
본래의 지병도 맞물려 복합적인 충격이 되었을라나.

우리는 이런 얘기를 '그럴 수도 있구나' 흘려야 한다.
나이와 처지를 대입하면 내 일인 듯 우울해진다.
치매도 걱정들 하는데 '세 명 중 하나' 라고 강조해도
언제 내가 통계나 확률을 보고 살았나...
내 뜻대로 살았지 하고 해석하면 편하다.
대신 자신의 일상을 꼼꼼하게 점검할 필요는 있다.
내가 뒹굴거리며 간식을 입에 달고 있진 않은지
연속극과 일심동체가 되어 뭉그적거리는지 말이다.

송이는 남편 은퇴와 재취업이 동시에 되어
백화점에서 프랑스산 외투를 나란히 사 입었다고...
순이는 겨울 구경하러 내외가 스위스 여행 간단다.

가방에서 지갑을 꺼내려는데 명이의 눈이 동그래진다.
어제 만든 그것을 비운 뒤 슬쩍 손에 쥐어 준다.
우린 당분간 치매 걱정은 내려놓아도 되겠다.

집에 오니 제주도 사돈이 보낸 밀감 한 박스가 와 있다.
마당에서 땄다는데 어찌나 똘똘한지 한참을 만졌다.
전화하며 고맙다는 말은 물론, 연신 머리도 꾸벅인다.
사부인은 나와 동갑이다.
우리 큰 아이와 며느리도 동갑이다.
돼지가 넷이나 되어 좋겠다더니 그 말이 맞았다.

윤숙이 전화가 온다. 목소리에 힘이 없다.
"넌, 김장 잘 됐니?"
"그럭저럭... 좀 짠가 싶었는데 익으면서 괜찮아졌어."
"난, 김장 망쳤어..."
"왜? 언니까지 와서 잘 버무렸다면서..."
"글쎄, 양념에 마늘을 안 넣었지 뭐니..."
갈아놓은 마늘이 구석에 오도카니 혼자 있더란다.

25. 첫 눈

2017년 12월 10일. 일.

맑다. 1도.

밤사이 눈이 내렸다.
커피를 가져와서 창 앞에 앉으니 누가 무엇을
어깨에 걸쳐준 느낌... 손을 얹은 것 같다고 할까.
'행복하다...' 질병 없고 가난 없고 걱정이 없는 거란다.
아무튼 모든 게 감사하고 감사하다.

예전에 외국에서 살 때 인근의 한인교회에 다녔다.
한 번은 우리 집에서 예배와 점심을 준비하게 되었다.
솜씨도 그렇고 음식의 기본도 안 되고 어떡하나.
일단 아시안 마켓에서 촉촉한 생면을 사고
정육점에서 안심을 슬라이스했다.
눈앞에 내가 먹고 싶은 국수 한 그릇을 그려 놓고
국물 맛을 정하고 머릿속에 입력했다.

손님은 모두 9명 정도인 듯했다.
양념 잘된 고기를 구워 국수 위에 푸짐하게 올려
우선 시각적으로 식욕을 돋게 했다.
겉절이와 샐러드를 담은 접시도 몇 군데 놓았던가.
너무 힘들어 그 다음은 생각도 안 나는데...
얼마 뒤 나이 지긋한 부부가 내 손을 잡으며 그랬다.

"한국에서 딸네 집 왔다가 이렇게 맛있는 국수를 먹다니..."
그때의 고마움과 감격이 다시 느껴진다.
"레시피 좀 알려줘요. 우리 목사님이 너무 맛있다네요."
사모님은 전화까지 했다.
레시피도 없지만 내 맘대로 한 것 하나님만 아신다.

어제부터 친구들이 우리 집에서 바느질을 시작했다.
손 움직이며 떠드는 게 우리 나이엔 큰 도움이 된다.
새로운 일에도 겁먹을 필요는 없다.
75세의 전직 여성 장관은 악기 배워 밴드 활동하더라.
68세에 나도 바리스타 자격증 만들었다.
필기시험 50문제에 3개 틀린 건 지금도 놀랍다.

75세엔 나도 소소한 일상을 글로 펴내고 싶다.
1959년 영화 〈느티나무 있는 언덕〉 꿈의 시작이었나...
숨이 차오르면 동구 밖의 그곳에 걸터앉는다.
주인공은 엄마를 기다렸지만 나는 나의 페이지를 기다린다.
생각하고 꿈꾸는 것에 나이 제한이 있겠는가.

26. 혼자 가는 길

몹시 흐리다. 나도 좀 그렇다.

날씨 탓인지 일어날 때부터 어깨가 뻐근했다.

영국인이나 독일인들이 관절에 문제가 많은 걸 알겠다.

그래서 겨울엔 스페인이나 태국에 몰리는구나.

이번 추위는 북극해의 빙하에서 오는 한랭이란다.

북한은 지금 얼마나 추울까.

땔감과 먹을 것도 변변치 않을 테고 옷은 제대로 입었는지

열 가지면 열 가지... 생각만 해도 화가 난다.

이곳에 차고 넘치는 것들 조금만 보내도 좋으련만...

2017년이 2주 정도 남았다.

오늘은 이상하게 사진 하나에도 마음이 스산하다.

가로등이 서있고 고개 숙인 여자가 걸어간다.

늦은 오후인가 어쩜 겨울비가 내리는 것 같다.

혼자 걸어온 시간과 사건들이 순서 없이 이입된다.

'나무 곁에 집을 지었으면 나무를 자르지 말고 이용하면...'

경우에 따라 나무 대신 집을 옮길 수 있다는 것도 알자.

그리고 나를 위한 삶의 가지치기가 필요하다.

내가 결정한 모든 일이 다 옳고 빛나진 않았으나
어느 한 부분 슬픔과 절망이었어도
그것들을 딛고 올라선 희망은 몇 배로 눈부셨다.

감사할 일이 쌓일 때마다 벅차고 행복했다.
내가 힐 수 있음에 흥분되있고 혼자어서 자유로웠다.
내 감정을 숨기거나 혹은 설명할 필요도 없고
이유 없고 끝없는 갑질을 받지 않아 족쇄를 벗은 것 같았다.
혼자라는... 나를 사랑할 시간이 많아 풍요로웠다.
그녀와 비 맞으며 길 끝까지 걸어야겠다.
그리고 모둥이 카페에서 커피와 〈Donde Voy〉를 들으며
그녀의 고단함도 나눌 수 있을 것 같다.
자, 어떻게 할까, 어디로 갈까.

김목경의 〈멕시코로 가는 길〉을 아스라이 바라본다.
모래 바람 속으로 길 떠나는 것도
준비 있으면 별것 아니다.
행복할 시간은 충분하다고 일러줘야겠다.

27. 동대문시장

꿈꾸다가 깼다.
꿈속에선 자유분방한 사업가로 이리저리 넘나들었다.
그만큼 내가 변화를 원하고 있나.

어제 아침엔 함박눈이 영화처럼 내렸다.
〈로맨틱 홀리데이〉의 눈 폭탄 맞은 코티지는 아니라도
온 동네 집들이 눈으로 조용하게 덮이고 있었다.
약속대로 명이와 동대문시장에 갔다.
10년 전 쯤 슬쩍 보았는데 이렇게 좋았냐고 놀란다.
"언니, 무슨 다른 나라에 온 것 같아."
우린 5층 구석에서 뼈다귀 해장국을 먹었다.

밖에 나오니 눈은 그쳤고 만보기는 6800보였다.
11시에 도착해 온갖 잡화들을 보고 또 보고...
내 극성도 참 어지간하긴 하다.
헝겊들... 코튼과 울의 짜임새나 촉감이라든지
각 나라만의 무늬와 색깔의 절묘함엔 흥분되기도 한다.
그리고 어떤 모양과 배색으로 무얼 만들 것인가로
혼자 들뜨는 시간은 아무도 모르리라.

어제 프란치스코 교황이 일본 대학생들과의 통화에서
"남을 짓밟는 것과 같은 나쁜 짓을 성공하기 위해..."
순간, 일본사회에 만연한 이지메 등이 떠올랐다.
물론 선량하고 식견 있는 일본인이 많이 있음에도
자민당과 연계한 언론의 파렴치한 논조라든가
아베... 말하려니 준비한 듯이 나온다.
교만하고, 졸렬함에, 권력에 길들여진,
지혜도 시야도 좁은 주제에 거만한 언행으로
약한 자를 밟고 강한 자에게 붙어 굽신대는 이중성에
자국 이익의 극대화를 위해 야비한 거짓 역사로
독도 침탈을 끊임없이 조장하는...

올해도 얼마 남지 않았다.
하나씩 정리 되는 모임들, 일들.
크게 이유 댈 것 없이 마음에서 '아니다'라고 할 때
그동안 머뭇대며 미루고 변명거리 찾았다.
그러나 그때 아닌 것은 시간 지나도 아니더라.

28. 12월 간다

캄캄한데 눈이 뜨였다.
너무 흐려 저녁인가... 웬걸 잘 자고 난 아침이다.
아직 두어 달은 춥고 긴 겨울이겠지만
따뜻한 집과 내 할 일이 있어 감사해하며 일어난다.

재채기 좀 하고 눈 좀 비비고 코를 훌쩍이며...
내 비염은 성가시기는 해도 감사할 일이다.
그 많은 어려움 중에 이것은 얼마나 큰 배려인가.
매일 쌓이는 노폐물을 하루에도 몇 번이나 배출하는 것
누군 단 한 번이라도 펑 - 소리 내며 풀고 싶다는데
나는 수시로 시원하게 풀 수 있어 감사하다.

어제 미장원에 있는데
누가 까불고 다니다 발목이 부러져서 어쩌구...
어느 돈 많은 교회 목사에 대한 얘기도 끝없이 나왔다.
속삭여도 좁은 곳이라 마치 내게 한 듯 다 들었네.

대형 교회에는 '특별 종교비'가 있는 모양이다.
새 골프채를 목사 부부가 그 돈으로 구입하고
좋은 집과 비싼 차, 일신의 행락 등으로 쓴 것이다.

호화 지출이 문제가 되면서
부자 교회들이 수면 위로 떠올랐다.
하나님의 종이 되어 말씀대로 살겠다고 약속해 놓고
기도로 바친 신자들의 헌금을 구제에 쓰는 대신
자신의 안락과 자식들 외국에 유학시켜
목사직까지 세습해 앉히다니 큰일이네.

내일은 크리스마스 이브!
Have yourself a merry little Christmas.
케니 G의 깊고 섬세한 멜로디와
프랭크 시나트라의 노래로 위로 받는다.
맛있는 점심 먹고는 〈Hello〉를 듣는다.
라이오넬 리치에선 80년대의 아련함이 온다.
루더 밴드로스의 블루지한 터치도 기막히다.
아델의 첫마디에선 와우, 푸르던 날의 우리가 소리 지른다.
갑자기 로레타 린의 목소리가 겹치더니
LP 가득한 디제이 다방, 1968년의 겨울이 앉아 있네.
오늘의 마무리는 '대니보이'다.
콜린 오로아티의 목소리가 메도우를 휘감아 내게 온다.

29. 새해 선물

어디쯤에 눈 내리고 있는 듯한 날씨.

며칠 동안 너무 놀아서인지 엉치가 다 결린다.

그저께 올 한 해 고마웠다는 인사로

윤숙, 장미 언니, 옥기, 재선, 수연, 정애... 점심 먹었다.

몸이 안 좋은 재선이에겐 큼직한 지갑을 선물했다.

"늘 안부인사 보내줘 고마웠어..."

기분 좋은 금색 바탕에 꽃무늬, 초콜릿 프레임이다.

"병원 약들 여기에 넣어둬, 아프지 말고..."

백화점으로 올라가니 마침 주문한 옷이 와 있었다.

나도... 진즉부터 내게 '새해 선물' 주고 싶었었다.

큰 맘 먹고 준비한 코트를 '나'로부터 선물 받았다.

'지난 일 년 수고 많았어, 그리고 고마웠어...'

저번 날 영희네 집에서 망년회를 했다.

내가 윷놀이를 제안했고, 대부분 해본 적이 없단다.

우리 나이엔 평생 살기 바빠 모를 수 있지.

편을 가르고 하나하나 말 쓰는 법부터 설명했다.

결과는 우리 팀이 졌고, 어제 밥 사는 날이었다.

밥을 먹는데 아무개가 헌금 봉투에 대해 물었다.
예전에 교회에서 보긴 했어도 읽어본 적은 없다.
얘기인즉슨, 그녀의 친정 엄마가 얼마 전부터
집 근처의 교회를 다녔는데 갑자기 돌아가셨다.
그런데 장례식에 온 교회 담당자가 작정 헌금 운운하며
당신 모친이 정했으니 돈 달라고 했단다.
교회 면죄부에 놀랐더니 교회 연좌제법도 생겼나.
구십 넘은 노인네가 천국 가는 길에 그 말 듣고
자식들 걱정에 넘어지셨으려나.

작정 헌금이 도대체 뭔가요?
한치 앞도 몰라 하나님께 의지하려고 갔더니
눈, 귀 어두운 노인에게 '돈'을 작정시키다니요?
작정한들 하나님 부름 받아 떠나니 하나님께 달라고 해야지
알지도 못하는 남은 자손들에게 빚 갚으라니요.
하나님께서 밀린 말씀 값 달라던가요?
교회에서 하나님 만나 위로 받으려 했더니
사채업자를 만났네.

30. 새해 감기

2018년 1월 1일. 월.
맑다. 영하 5도.

무술년, 황금 개띠 해 첫날.
새해 아침부터 이렇게 저렇게 몸이 안 좋다.
사실 어제 저녁에 목소리가 잠기면서 몸살이 와서
쌍화탕을 먹고 누웠지만 뒤척이다 밤을 보냈다.
괜히 지난 시간들까지 얽히면서 아프고 서러웠다.
몸도 마음도 다 지친 것 같고
세상에나 이렇게 무거운 눈꺼풀은 처음 본다.

연말에 너무 떠들었고 일도 많았었다.
마무리 하느라 안간힘을 쓴 게 과부하가 걸렸다.
연휴 끝나고 시작하는 새 가방 재단도 몇 시간 했다.
계산한 도면대로 자르고 맞춰보니 기본 5조각이다.
안감과 겉감, 펠트, 5명에게 주면 75조각...
문제는 꽃의 위치와 방향을 맞춰 골고루 자르기다.
그래도 친구들이 그 가방 들고
봄나들이 가는 상상만으로도 즐겁다.

전복죽 1/3, 사과 반쪽으로 아점 먹고
비타민 C도 먹었다. 꿀 넣은 생강차도 마셨다.
여전히 불편하고 이젠 편도선도 부었네.

감기는 휴식주의보라고 했으니
아무것도 말고 반성 좀 하고 있으면 되겠다.
'왜 아플까' 대신 '그러므로 아팠구나'로 생각 바꾼다.
바이러스와 박테리아가 손잡은 것, 순전히 내 탓이다.
독감 예방주사 놓쳤고 시간관리 못한 내 잘못이다.
'그래도 하나님, 저기 있잖아요...'
자꾸 주절주절 떼를 쓰게 된다.

새해에는 투덜거리지 말고 살아라 하신다.
내 가진 것들은 처음부터 내 것이 아니었고
내 손바닥만한 잘남도 거서 얻은 것임을 알고
훌륭하고 좋은 곳엔 네가 아니어도 넘치니
너 받은 소명대로 묵묵히 가라 하신다.
안아주고 눈물 닦아주고 어루만져주라 하신다.
'저는 너무 부족한데요...'
딱, 내 수준에 맞는 곳 많다고 하신다.

31. 철이 들려나…

2018년 1월 5일, 금.
소한. 맑다. 영하 6도.

소한 땜 하려고 요 며칠 추웠구나.

대한이 소한 우습게 보다가 뺨 맞고 간다고 했나.

내 감기는 일주일을 앞두고 있다.

아무튼 전체적으로 후들거리고 멍하다.

집콕에 조심하지만 길어지면서 쬐끔 우울하다.

BBC선정 죽기 전에 가 봐야 할 곳 1위라…

웅장한 뉴질랜드의 남섬이 시선을 압도한다.

갑자기 캐나디언 록키 주변들도 영상처럼 지나간다.

남성적인 밀포드사운드와 여성적인 록키는 많이 다르다.

하지만 느낌이 겹쳐지며 왜 이리 두근대냐.

여전히 입맛은 돌아오지 않았고

약간의 무언가가 명료치 않아 기분도 맑지 않다.

계산도 더디고 말도 빨리 나오지 않는다.

막내는 음식들을 차례로 읊어 대기 시작한다.

햄버거, 카레 돈가스, 딤섬, 연어 스테이크…

그건 네가 먹고 싶은 것들이잖아.

순대, 우동, 김밥, 샌드위치… 분식집 차리니?

도무지 아무 것도 먹고 싶은 게 없다. 큰일이다.

친구들의 안부 전화... 모임은 12일로 연기했다.

경주는 기침과 몸살로 고생했다는데 목소리는 쩅쩅하다.

복희도 독감 A형이라고 타미플루 처방 받았단다.

나는 기관지염과 편도선인디...

이번에 '머리가 시렵다'라는 뜻을 알았다.

손이 시렵고 발이 시려운 게 '동요'가 아닌

내 얘기인 걸 이 나이에 알았다.

뒷머리에 냉기가 스-윽 지나면 뒤따라 한기가 오고

코를 풀 때마다 골이 흔들린다는 것도 이번에 알았다.

예전 할머니들이 흰 띠로 이마를 동이면 왜 그러나

목에 수건 두르면 왜 갑갑하게 싸매나 했는데,

이번에 내가 할머니라는 걸 여러 번 확인했다.

이제 철이 들려나 보다.

수면 양말 신고, 목에 수건 감고, 비니도 썼다.

시원한 물 놔두고 뜨뜨무리한 물은 왜 먹냐고 했지?

지금 뜨거운 물 홀짝거리고 있다.

32. 아이처럼 살다

2018년 1월 9일. 화.
맑다. 영하 5도.

캐나다의 토론토나 미국 뉴햄프셔는
영하 20~30도에 눈 폭풍이 몰아쳐 비상사태이다.
플로리다에 눈이 내렸다던가... 지구 화 났다.
우리 '3한 4온'도 즈이끼리 의견이 안 맞나...
일주일 넘게 영하이다.

오늘은 추어탕 먹기로 했는데 안 되겠다.
현관문 나서기가 머뭇거려진다.
맥이 없고 먹먹한 게 무엇을 할 엄두가 안 난다.
단 것을 싫어한 내가 생강젤리와 단팥죽도 찾는다.
모르는 사이에 감기와 내 생체회로가 타협을 했나.
아직은 어정거리며 다니는 건 무리다.

연말에 아무개가 그동안의 일들을 얘기했다.
아픈 남편 수발로 심신이 무너졌다고 했다.
파킨슨과 치매가 같이 오면서 인지능력 상실에...
"언제부터 그랬니?"
교수로 있다가 퇴직하고 서재에 있게 되면서
처음엔 왜 그럴까로 시작해 2년 바짝 심했단다.
잠을 안자고, 계속 뭔가를 하고, 쏟고, 깨고 하다가

급기야 다쳐서 피가 흘러도 모르는 지경에 온 것이다.
"시어머니도 치매로 내가 모셨는데..."
그랬구나... 그녀 등을 가만히 쓸어주었다.

자신도 팽개치고 가족들조차 잊고
도대체 종일 어느 곳에서 헤매는 걸까.
하긴 레이건 대통령도 그렇게 될 줄 누가 알았을까.
"아이처럼 살아도 좋으니 내 의지대로 살다 떠나고 싶어."
"넌 지금도 아이처럼 살잖아..." 옆에서 눈 흘긴다.

손자 준이가 6세 때 멍하니 창밖을 보고 있었다.
"준아 뭐 하니?"
"thinking..."
11세 즈음 밖을 보는 녀석에게 지나가며 물었다.
"준이 지금 뭐하니?"
"오늘 점심엔 어떤 음악이 좋을까 생각했어요."

오늘은 나도 환상적인 〈나니아 연대기〉
그 멋진 사운드트랙 속에서 점심을 즐겨야겠다.

33. 개띠 해

2018년 1월 16일. 화.
흐림. 1도.

아침 준비하며 바깥을 보다가 깜짝 놀랐다.

슬픔이 가득한 하늘이라니...

풀이 죽은 1월이 우두커니 나를 보고 있다니...

'내 생각이 미치는 곳에 내 마음이 있다.'

어떤 일들이 오더라도 쇄빙선처럼 나아가야 해...

고스톱에서 초장 끗발 개 끗발이라고 하더라.

정초부터 감기치레 한 것은

올 한 해 더 단단하게 살아가라는 지침으로 알자.

3주 만에 운동하려니 체력도 그렇고...

물속에선 헛발질이 나오고 재채기도 나온다.

사우나에서 땀 흘리고 나와 몇몇이 굴 떡국을 먹었다.

안부도 나누고 갇혀 있던 얘기도 쏟아낸다.

늘 그렇듯 같은 영화를 보고도 다른 시각이 나온다.

"거기 나오는 사운드 트랙... 너무 좋지?"

"거기 음악이 있었어? 스토리도 가물대는데..."

각자 자기가 관심 있는 부분에 집중하기 마련이다.

칩거도 힘들고 떠드는 것도 더 피곤하다.

뉴스에선 사건사고에 매일이 불안하다.

왜 이리 사회가 죽음에 오픈 되어 있는 것 같냐?
젊은 여성이 화장실에서 괴한에게...
엄마와 계부 그리고 동생을 죽인 범인은...
홍콩으로 간 남편이 호텔에서 부인과 아이를...
사형제도의 필요성을 강조하는 게 일면 타당해 보인다.
우리 국민들 전부 정신건강 교육을 받아야 하나.

좋은 친구가 필요하면 먼저 좋은 친구가 되어 주고
좋은 사회를 원하면 사회가 요구하는 덕목을 기르면 된다.
초등학교 때 배우는 '바른생활' 업그레이드면 된다.
모두들 바쁘고 힘들어 대강 사는 거라는데
그래도 매사에 적절한 관심 두면 얻는 게 많다.

에고, 벌써 1월도 반이 지나 버렸다.
나도 아프다고 풀어 놓았던 정신줄 바짝 당기고
'내 마음이 내 행동으로 나타나니...'
우선 좋은 생각으로
모든 살아 있는 것들을 바라보기로 한다.

2장

34. 칭찬

오늘 대한인가.
큰 추위 없이 지났는데 다음 주부턴 한파 온단다.
오늘은 온 도시가 미세 먼지와 황사에 갇혔다.
햇빛도 지금 먼지구름 뒤에서 눈치 보는 중이다.

나도 미적대다가 운동하러 갔다.
라커룸에서 어떤 분과 눈인사를 하는데 말을 건넨다.
"항상 눈이 반짝이고 생기가 돌아요..."
젊음이 넘치는 무언가가 있다고 덧붙인다.
감기 끝에 축 쳐져 있는 나를 단박에 일으킨다.
나는 특징 없는 평범한, 게다가 나이도 웬만한데...
그렇게 봐 줘서 정말 고맙다고 인사했다.

끝나고 나와 추어탕 집에서 주문하고 숨 돌리는데
옆에 앉은 박 아무개가 나를 빤히 본다.
"우리 중에 당신이 옷을 제일 잘 입어."
이건 뭔... 고양이 씻나락 까먹는 소린가.
이분은 직설 화법에 뭐든지 아는 빠꿈이로 통한다.
"당신은 옷을 제대로 소화 할 줄 알아."
딱- 보면 안다는데 두 번 봐도 버벅대는 내가 뭐라 하겠는가.

글쎄... 오늘은 칭찬 받는 날인가 보다.

남에게 좋은 인상을 준다는 건 옷이나 외모가 아닌

그 사람의 전체가 주는 이미지일 것이다.

내가 옷을 잘 입을 나이도, 몸매도 안 되는 건 사실이니까.

내 살던 그대로 작은 일에 기뻐하고

할 수 있음에 감사하고 줄 수 있음에 더 감사하는 것...

과장 할 것도 욕심도 없다.

소녀 같은 윤숙이 전화.

"병원에서 검사와 검진 받느라 2주가 금세 갔어."

작년 한해도 여러 치료와 섭생 하느라 엄청 힘들었다.

좋아하는 하이힐 신고 넘어져 허리 다치고 고생도 했다.

정기적으로 병원에 가는데 왜 이리 아픈 곳이 많냐.

"약을 좀 끊어보면 어떨까..."

"안 돼. 큰일 나."

일단 잠 못 자고 사람이 사는 게 아니란다.

그래도 나를 만나는 게 제일 좋다고 하니...

알았어... 다음 주에 올라갈게...

35. 황태국

어젠 서울 영하 17.8도.
철원이 영하 25도였고 제천은 영하 21도였다.
흑룡강 주변은 영하 45도. 수증기는 그대로 얼음이다.
계속 몸이 나른하고 불편하다.

요 며칠, 노인들은 심장이나 뇌졸중 위험으로
집에 있으라고 해서 예전에 좋아했던
밥 로스의 풍경화 그리기를 감탄하며 구경했다.
김인숙의 아크릴 물감 이용한 꽃 시리즈도 보았다.
그런데 오늘 하늘은 어쩜 저리도 귀족적인 자태냐.
반대로 나는 감기 뒤끝인지 쳐지고 구질스럽다.
사우나를 하러 햇빛 속으로 나서야겠다.
그리고 오는 길에 황태국을 먹으리라.

라커룸에서 옷을 입는데 연만하신 분이 말을 건넨다.
등에 로션을 발라 줄 수 있느냐고,
얼른 입던 옷을 놓고 골고루 발라 드리는데
갑자기 내 손을 잡는다. 내 얼굴도 만져 본다.
"새댁 같네. 몇입니껴?"
내가 고마워서 인사 하는 모양이다.

나이 말하며 그리 봐 주어 고맙다고 맞장구를 친다.

"참말인교? 그래도 새댁 맞네. 새댁이고 말고."

나를 몇 번 보았고 그냥 좋았단다. 아, 나는 복도 많다.

'밀도'에서 금방구운 빵을 사고 강승월로 올라갔다.

메뉴판 사진을 보자 두부양념조림이 당긴다.

아... 갈등 생긴다. 황태국을 먹어야 하는디...

나는 간데없고 '감기' 저 혼자 다 먹겠다고 난리다.

내 말에 사장님이 웃으며 제안을 한다.

"두부조림으로 하고 황태국도 조금 드릴께요."

그는 감기나 빨리 나으라고 오히려 위로를 한다.

뉴스를 보니 밀양 세종병원 화재로 현재 37명 사망이다.

중환자가 많아 인명 피해가 더 많을 거라는데...

큰 병원에서 '우째 이런 말도 안 되는' 참담한 일이 있나.

항상 둘러보며 조심하는 수밖에 없다.

글쎄... 중소도시만의 문제점이겠나.

이런 사건들이 현재 대한민국의 총체적 난제이다.

36. 리모델링

아직은 저쪽 하늘이 뿌연 안개 속에 해를 안고 있다.
아침은 언제나 희망과 호기심을 주며 깨운다.
안녕? 내 안의 내게 인사를 한다.
나를 기다리는 하루에게도 인사를 한다.
책 한 페이지, 커피 한 잔, 노트북, TV에게조차도.
참... 넷플릭스 한 달 무료라서 신청했다.

맛있는 떡국 만들어 먹고
아들과 올해 처음 윷 하려고 준비하는데
어머나, 탐스런 눈이 도시를 덮고 있다.
와우! 마치 영화 속처럼 내리는 눈이라니... 신비롭다.
그렇게 시작한 게임은 내가 내리 3판을 이겼다.
녀석 왈, 윷은 순전히 '운'이라 상관없단다.
아니지. 말을 잘 쓰는 게 얼마나 중헌디...
그리고 운도 능력이라고 하던디... 혼자 중얼댄다.

사우나 들렸다가 강승월에서 황태국을 먹었다.
커피볶는집으로 내려오는데 윤숙이 전화가 온다.
"인호가 여기 일 끝나면 제주도에 가서 산대..."
가슴이 철렁하며 생각이 새끼를 치고 눈물만 나온단다.

"그렇구나. 직장은?"

"모르겠어. 즈이끼린 계획이 있나봐."

결혼한 자식이 어디에 살든 부모가 뭐라 할 건 없다.

일단은 노인에게 일거리를 만들어준다.

"얘, 이참에 너도 그 동네에서 나오는 건 어떨까?"

"증말? 근데 어디로 가니?"

생각을 잠깐 옮겨주니 목소리가 낭낭십팔세이다.

"평수 줄이고 알아보면 좋은 데 많아."

죽고 싶고 어써고... 노인네 거짓말 다 이해한다.

건물 오래되면 여기저기 물새고 부서지고

리모델링 소리 나오는 것과 비슷하다.

'나를 나에게' 다시 소개하는 것도 필요하다.

'나는 이러이러한 사람인데...

이렇게 하고 싶고, 저렇게 살고 싶은데 어떡하냐?'

어떡하긴... 찬찬히 내 가진 재주와 성향 파악한 뒤

시니어 센터에서 새로운 나를 만나면 된다.

37. 2월의 기억

입춘 추위란다. 내일은 더 춥겠다고...
2월은 특별한 일도 딱히 좋았던 적도 없다.
내 기억에서는 으스스하고 아릿한 게 대부분이다.
저쪽 집에선 이때를 전후, 구정과 생신이 거푸 있었던가.
늘 추웠고 이유도 갖가지로 훈시라는 걸 들었다.
정신 잡고 제대로 처신하려고 애도 많이 썼다.
지금 온정신으로 살아가고 있음에 감사하다.

해는 중천에 떴는데 마냥 떨리고 오한이 난다.
나도 모르게 눈물도 자꾸 난다.
휴지로 어쩌구 해보지만 마음까진 닦지 못하겠다.
뜨거운 물 한 잔 조심히 넘겨도 아프다.
내 몸 어딘가 꿰매 놓은 실밥이 풀린 것 같다.
아... 날개를 다친 것 같다.
콩 꼬투리에 붙어 있다가 훅- 하고 불었을 때
저만치 떨어지며 다친 게 분명하다.

결혼하자고 해서... 서로를 알아가며
'우리' 삶을 의논하고 살아갈 줄 알았으나
내 희망은 글자 그대로 바램으로 끝나 버렸다.

나는 우리가 같은 시대를 사는 지구인으로
같은 나라에서 같은 언어로 비슷한 교육을 받은
상식적인 사고와 견해를 공유한 줄 알았다.
그러나 며칠 만에 나는 지구 밖으로 내동댕이쳐졌다.
그 혼란과 좌절은 설명도 없었다.

어느날 내가 이 집에서 뭘 하고 있지?
내게 함부로 하고 말 안 되는 억지 쓰는 그들을 보며
뭘 하든 바보처럼 왜 여기 있지?
내게 말 한마디도 아까워하는 그가
한 번씩 뱉는 저딴 것도 왜 이제야 소름 돋는 걸까.

이렇게 하면 어떨까. '아, 나는 저렇게 한다...'
이건 이렇게 하면 되겠다. '나는 딱- 반대가 좋다.'
내가 좀 아파서... '나는 더 아프다.'
이렇게 좀 해주세요. '그런 건 바빠서 못한다.'
그럼 어떡하지? '잘난 사람들... 다 그렇게 산다.'
난... 그렇게 살지 않기로 했다.

38. 같이 앉고 싶은 사람

2018년 2월 7일. 수.
맑다. 영하 12도.

에구머니나. 입춘 무색하게 엄청 춥다.
그래도 하늘은 추위 상관없이 푸르고 아늑하다.
내숭 떠는 누구 같아 눈 한 번 흘겨준다.

약속한 점심에 새 코트를 입었는데
순이가 흘깃 보더니 랩 하듯이 쏟아낸다.
"백화점에 갔는데 밍크가 완전 반의 반 값이야.
천만 원짜리가 삼, 사백이더라구."
발 넓은 송이도 마침 들어와 거들면서
코트 품평회에 온 듯 즈이끼리 말씨름한다.
새해 인사 겸해 나이 많은 내가 점심을 샀다.

작년 겨울, 오늘 만큼 추운 날이었나.
윤숙이네 결혼 끝나고 얼마 후 뒤풀이가 있었다.
음식점에 도착하니 윤숙이 다니는 수영팀도 와 있었다.
잠시 후 대각선 건너에서 어떤 이가 내게 말했다.
"저기... 다음 달 김○○ 씨네 결혼식에 올 거예요?"
"네, 가야죠..." 내가 어색하게 웃었다.
"그럼... 그때 나와 같이 앉아요..."
그녀가 나와 얘기하고 싶다고 했나, 잘 모르겠다.

그렇지만 나는 김○○ 씨네 결혼식을 놓치고 말았다.
정확히는 그가 두 번씩 부조 받기 미안해 연락 안 했단다.

내가 성격에 대해 얘기 했던가.
글쎄... 나는 별로 야무지지 못한 편이다.
한마디로 똑 소리 나지 못하다.
그럼에도 많은 사랑을 받았고 감사하며 살고 있다.
우리의 두뇌는 '감사한 마음'을 알아채고 저장했다가
온몸으로 보낸다고 어느 의사가 말하더라.
미처 몰랐는데 이런 것들도 나를 만드는구나.
때론 멍한 것도 일종의 명상이 되었으려나...

모지스 할머니는 무엇을 하는 데에 늦은 나이는 없다고 했다.
76세에 그림을 시작 했고
101세로 돌아가실 때까지 시간을 허비하지 않으셨다.
경제 공항과 전쟁을 겪고 10남매 중 반을 잃었다.
힘든 시기에도 그녀는 항상 최선을 다했다.
긍정적 감성은 행복한 노년을 만드는구나.

39. 동계올림픽

동계올림픽이 평창에서 열리고 있다.
손님 초대해 놓고 날씨 안 좋아 미안하고 염려된다.
웬 강풍에 급 기온 강하에다 눈까지...
경기 진행에 차질이 생길까 조바심 난다.

개회식 중 미국 NBC의 해설자가
일본 식민지배 어쩌구... 잔칫상에 물 끼얹었다고 들었다.
영국의 더 타임즈도 제주도를 일본과 분쟁하는 섬이라고...
일부러 그랬다기보다는 한국에 대한 무지일 듯싶다.
세상은 힘있고, 말하고, 행동하는 쪽을 보게 된다.
내용의 진위는 그 다음이다.
올림픽 이후 적극적인 국가 마케팅이 필요하다.
더불어 세계를 이끌 미래 산업의 기획, 투자로
영국의 산업혁명에 버금가는 일류국가 만들어 보자.

외교력의 한계도 얘기 하는데
국력의 한계 들먹이며 나라 탓을 하는 게 지겹다.
그들 자신이 만든 제도와 과정 안에서 지지고 볶더라.
시험 점수, 인맥, 학맥에 얽힌 세상 아니었던가.
모르는 소리 말라고? 그럼 아는 소리 좀 들어 보자.

좋은 국가로 발령 받으려 애쓴다는 소린 들었다.

한 국가를 대표하는 외교관을 뽑는데
한 번의 고시로 평가될 수 없다는 전제가 시작점이다.
세계를 상대하는 다양한 인재의 발굴이 우선이다.
홍익인간적, 창의적 재능을 갖춘
빛나는 젊은이들이 곳곳에 있지 않은가.

이미 전문가들이 연구하고 노력하는 줄 안다.
우리 세대는 많은 부침과 힘겨움 속에 살아 왔고
많이 배우지도 깨우치지도 못했다.
다만 보고 들어온 노파심 탓에 몇 마디 하는 것이다.
세계의 파고를 휘어잡는 경제, 외교, 군사, 문화…
초일류, 최첨단 국가를 기대한다.
정점의 기술력에 걸맞은 준비된 인재들과
능력 있는 애국자 제대로 쓰고 대접해 힘을 실어줘라.
하계·동계올림픽과 지구촌 월드컵까지 치러낸
위대한 대한민국 아닌가.

40. 열정 있는 삶

2018년 2월 18일. 일.
엉성하게 맑다. 영하 4도.

꿈이랑 재미나게 놀다가 깬 듯... 감사합니다.
올림픽은 중반에 접어들었고
윤성빈은 금메달을 구정 선물로 국민들에게 주었다.
설상 종목으로는 아시아 첫 메달이란다.
그가 쏟아 부은 노력과 열정, 재능에 큰 박수를 보낸다.

'만약 당신이 한 번도
두렵거나 굴욕적이거나 상처 입은 적이 없다면
당신은 아무런 위험도 감수하지 않은 것이다.'
이 짧은 글귀에 살아온 긴 날들이 울퉁불퉁 지나간다.
잠깐씩 쓰디쓴 후회도 했고 억울해 했는데
갑자기 풍요로운 인생이 된 듯하다.

위험을 감수하지 않았다고
무미건조한 삶이라는 뜻은 아니다.
쓸데없는 경험이나 시간을 허비했더라도
그 또한 살아가는 발판이 되었다고 생각한다.
사랑도 했고 이별도 했다.
아들과 딸도 낳았고 키워 보았다.
책에서도 본 적 없는 성격의 남편도 만났다.

또한 여러 가지 모험들과 음악, 영화, 여행으로
넓은 미지의 세계를 조금 더듬어 보기도 했다.

결혼은 내 굴욕의 알파와 오메가다.
많은 걸 겪다 보니 지금에 와서 시시비비는 없다.
상처는 크고 작든 누구나 갖게 되니 더욱 문세가 아니나.
두려움은 한 번씩 파도처럼 덮치긴 해도
결혼으로 야기된 것들에 비하면 물 한 바가지 정도다.

다양한 일을 경험 했는가.
그건 당신이 열심히 살았다는 증거나.
여러 번 넘어 졌는가, 많이 울었던가, 크게 웃었던가...
그건 열정이 넘쳤다는 것이고 사랑이 많다는 증거다.
나는 무위도식하며 편안하다는 말을 믿지 않는다.
그 '편안하다'에 외로운 자신을 옭아매고 있더라.
아무 것도 안 하니 아무 일도 일어나지 않아
몸과 마음이 녹이 쓴 듯 보이더라.

41. 활짝 웃는 삶

남쪽으로 열린 창문턱에 앉아
'내 고향 남쪽바다 그 파란 물...' 바다 소리... 듣고 싶다.
나른한 오후에 작은 오빠가 소리 내어 읽던 국어책.
'영동을 지나며, 소향 형...'
60년 전 그때가 아스라이 그리워 미치겠다.
언젠가 오빠 내외가 영동에서 복숭아를 보냈는데
영동이라고? 갑자기 답장이 쓰고 싶더라.

'찔레꽃 향기는 너무 슬퍼요. 그래서 울었지. 목 놓아 울었지...'
오늘따라 장사익의 목소리엔 애타는 봄이 절절하다.
흡사 봄을 잃는 것 같다.
나도 수많은 봄을 보내고는 또 기다린다.
나를 들뜨게 했던 무수한 것들의 향기.
그 모든 것이 내 찬란한 봄이었음을 왜 몰랐을까.
울었던 것들은 나를 성장시켰고
아파한 것들은 내 그릇이 되었다.
이젠 무엇이든 담을 자신도 있는데
늦었나 싶어 안타깝고 시간도 촉박한 듯 애달프다.

사우나를 진득하게 하고 나오니

유치부 수영 끝나고 옷을 입고 있었다.

안경 쓴 여자가 아이의 머리를 말려 주며 묻는다.

"오빠 있어?" 아무 말이 없다.

"나는 오빠 있는데..." 옆에서 옷을 입던 아이가 말한다.

"너한테 안 물었어."

여지가 매몰차게 말했고 아이는 고개를 숙인다.

놀란 내가 슬그머니 아이 옆에 앉는다.

아이가 만지작대던 옷을 들고 고개를 든다.

나는 '활-짝' 웃었고 아이도 수줍게 웃는다.

이렇게 웃지 말라고 예전에 영자가 그랬는데...

그렇게 웃다가는 큰일 난다고 눈 흘기며 말 했었지.

우리 청춘은 그렇게 갔고 젊음도 뒤돌아 갔네.

"아깝다 ○○아... 세월 가는 게 너무 아깝다."

한 번씩 내게 판소리 하듯 말하더라.

그렇게 아까운 시간도 벌써 흐르고 흘렀다.

아야... 안 되겠다. 눈물이 나서 안 되겠다.

42. 나만의 색깔

눈이 오려나. 상관없다.

생각 조금 했더니 마음도 그렇고 축 처진다.

떠올리는 것들 죄다 문제투성이인 것 같다.

혹시 내가 뭘 모르며 살아가나 싶기도 하다.

오늘 아침 윤식당 속의 그들처럼

나도 바다 보이는 행길가에 앉아 있고 싶다.

내가 혼란스러운 것은 상황이 아닌 순전히 나 때문이다.

사람들은 그냥 그렇게들 적응하며 산다.

나는 맨날 무슨 색깔 어쩌구 하며 찾아 다닌다.

'다른 핑계 말고 말하고 싶은 게 뭔데?'

'풀꽃에서도 색깔을 알면 친구가 된다고 했거든...'

내가 내게 물어놓고는 엉뚱한 답을 한다.

대부분 확실한 감정이나 태도로 살아가지 않는다.

세상이 하도 애매하고 모순도 많아

그러려니 한 꿋 접어놓고 부대끼며 산다.

꼭 맞는 환경도, 일도, 사람도 어딨냐.

확실한 의사를 얘기하면 찍히거나 재수 없다고 한다.

두루뭉술하게 사는 게 잘 사는 것 몰랐어?

긴가민가... 속내 숨기고 무사안일 처신하면
좋은 인품을 가진 사람이라고 칭찬하더라.
감정에 치우치지 않는 이성적인 사람이란다.
그런데 나는 왜 그것들이 다, 들리고, 보이냐.
한 자락 깔고 무공해인 척하는 몸짓, 말짓이라니...
같은 자리에서 보고 듣고 돌이서면서
무슨 손수건 나풀거리듯이
우아 떨며 뒤집는 사이, 매번 나 혼자만 놀란다.

내 주변 사람들이 나의 특징을 얘기해 준다
내가 한 번씩 벌떡 일어나 '내 말을 들어 봐' 했단다.
어머나... 내가 그랬다고?
'그게 결론이 안 나고 시끄러울 때' 정리 했단다.
"형님은 여성스럽긴 한데 한 번씩 의견 말하는 거 보면..."
"일종의 탤런트 기질이랄까 뭔가도 있어..."
"자연스럽게 집중시키고 할 말 다 하더라."

43. 태극기

아이들 방학 끝났고, 입학식이며 학년 시작한다.
시작이지만 모든 게 정체되고 혼란스럽다.
3월이면 으레 첫 시작은
꽃샘추위마냥 아려오는 우리만 아는 것들.
유관순과 서대문 형무소... 눈물로 얼룩진 태극기...

어제 동대문시장 가는데 택시기사가 그런다.
"지금 광화문 세종로 서울역은 난리도 아니에요."
대통령은 서대문 형무소에, 야당은 광화문인가에,
또 박사모는 서울역 근처에선가 아우성이란다.
선조들은 이 사태를 어떻게 관망 하실까.
우리 민족의 한이 서린 이 날에
서로 퍼붓는 화살을 피하시느라 얼마나 고단하실까.

태극기가 고생한다고 모두 혀를 찬다.
똑같은 의식주를 나누며 살아온 단일민족끼리
다른 언어를 쓰는 것 같다.
서로 이해 못하겠다고 한다.
나부터도 뭐가 뭔지 도무지 모르겠다.
지금 힘을 합쳐 새로운 한국 설계하기도 바쁜 차에

좁은 우물 안에서 삿대질 하며 족보 따지니...

집안에서도 세대에 따라 의견이 갈린다.
어떤 집에선 화난 엄마와 의견 다른 아들이
서로 밥도 따로 먹는다고 하더라.
뭔 지랄인지 정말 이러다가 나라가 쪼개지겠나.

지금 많이들 착각하는 게
떠들면 문제가 해결 되는 게 아닌
이렇게 하다가는 민족의 생존이 걱정을 넘어선다.
곳곳에 일본 자금과 그들 혜택을 받은 세력들이
이해 상충의 태극기에 숨거나 편승해
얼씨구 하며 교묘한 이간질을 하는 걸 보지 않는가.

이런 때일수록 침착해야 하며 지혜로워야 한다.
잘 모르면 아는 사람에게 맡기고
대한민국에게 무엇이 '우선 순위'인가 생각해 보자.
평창에서 휘날리던 태극기가 말해주지 않던가.

44. 새로운 시작

낙숫물 소리에 깼다.

다시 잠들었고 일어나니 늦은 아침이다.

어젠 드물게 아무것도 안 하고 하루 보냈다.

오후 늦게 근처 미장원에 갔었구나.

원장이 혼잣말 하듯 하는데 손님이 줄었다는 건지 싶다.

대체로 나이 든 분이 많았는데

돌아가시기도 했고 몇 푼 싼 곳으로 갔다던가.

운동을 하는데 옆의 아무개가 팔이 아프단다.

"다쳤어요?"

"아니. 태극기 좀 흔들고 왔더니 그래.

사실 박근혜 너무 불쌍하지 않아? 뭘 잘못했다고..."

표정까지 찡그리며 안타까워한다.

그녀가 국가와 국민을 위해 잘 한 건 무엇일까.

대한민국이 격변과 암울의 시간을 거치는 동안

국가를 위한 그 어떤 헌신 하나 없이

이어받은 권력과 재물로 호의호식 하다가

그것들 덕에 국회의원, 대통령이 된 사람 아닌가.

이후에도 국민보다 자신의 삶이 더 중요했던 사람이다.

운동 끝나고 여럿이 밥 먹으러 가잔다.
모두 들떠서 한 마디씩 하는 걸 보니
설왕설래 하던 봄놀이를 1박 2일로 결정한 것 같다.
선유도와 군산... 시내와 어디 어디 간다는데
차량과 기사는 물론이고 숙소와 음식도 준비 완료.

내일은 패럴림픽이 평창에서 다시 시작된다.
세계에서 600명 정도의 선수단과 북한에서도 왔다.
제발 날씨가 도와서 준비한 기량을 마음껏 펼치길 기원한다.
호스트인 우리는 최고의 경기 진행은 물론이고
아름답고 감동적인 축제를 위한 최선을 부탁드린다.
자원봉사자, 올림픽 관계자 모두 고마워요...

뉴 시즌, 뉴 비기닝...
내가 좋아하는 임재범, 정동하... 그들의 목소리는
머뭇대는 우리의 '비상'을 한껏 부추긴다.
"그토록 오랫동안 움츠렸던 날개
하늘로 더 넓게 펼쳐 보이며 날고 싶어..."

45. 봄비

2018년 3월 15일. 목.

비, 비… 14도.

한참을 낙숫물 소리 들으며 엎드려 있었다.

라디오를 켜니 I like Chopin... 나온다.

비 오는 날엔 떠나지 말라고 한다.

다른 채널에서는 해금의 애끓는 연주 끝나면서

고래사냥 하러 가잔다. '자, 떠나자 동해 바다로...'

잡히지 않는 꿈... 사랑을 찾으러 가자고 한다.

해 뜨는 그곳 가면 만나려나. 무엇으로 잡냐...

며칠 전 선유도에 갔더니 다리가 생겨 육지와 같았다.

초등학교와 중학교 전체 120명 정도 였는데

군산으로 가 버려서 현재 10명 학생에 교사 27명 이란다.

내가 이상하다고 하니 그들은 '황당'이란다.

자동차와 사람이 법석이는 해변은 엉망진창이었다.

변산면 모항리... 눈썹달 모양의 해변은 금모래 빛나고

이편의 갯벌과 마을도 아늑하고 예뻤다.

우린 먼 바다를 보며 특산품이라는 대추차를 마셨다.

"장화 신었으면 들어가 조개 캐고 싶다."

누구의 말에 내 옆에서는 나지막히 한숨을 쉰다.

나는 맨발로 뻘 끝까지 걸어가고 싶었다.

98

곰소 포구의 한 가게에서 박대와 참조기 좀 사고
옆문으로 나가니 상상도 못한 푸른 바다가 있었다.
세상에나... 이런 물빛의 서해를 본적이 없다.
"이 앞에 암 것도 없어, 바다 뿐이여... 그래서 깨끗혀."
아... 참으로 눈 시린 3월의 초록바다였다.

비는 잦아들었는데 오늘 따라 더 젖는다.
봄비 부른 가수는 오랫동안 아프다고 했고
봄비 드라마에서 애잔하던 그녀는 세상을 떠났다.
꽃 같던 그녀는 목소리도 웃음도
그리 예쁘고 화사하더니만 참말로 덧없다.
그렇게 살아내고 살아도 못 살겠더냐... 병이 웬수다.

이번 여행을 하며 고마웠던 명순씨...
어쩜 그리도 우스개가 무궁무진인지 끝내주더라.
편한 자리 탐 안하고 젤 마지막 남은 그곳에 앉은
기숙이와 명순이 복 많이 받어...

46. 봄 휴식

감기 걸렸다. 콜록.,,

은은하게 맑은 휴일 아침에 침대 콕이다.

선물 받은 일본 감기약 포장에 '코-루도'라고 써 있다.

나도 모르게 큰소리로 웃었다.

그런데 '이지메' 같은 건 어디서 베꼈을까...

속과 겉이 헷갈려 지들끼리도 눈치 보며 살더만.,,

정신병원이 세계 최다라고 했나.

인생을 다각도로 보아가며 살아 왔다 해도

칠십 넘은 노인은 처음이라 매사에 조심은 하고 있다.

지금도 하고 싶은 게 있냐고 갸웃대며 묻는다.

그럼요, 있고말고요. 얼마나 많은데.,,

제발 캘린더 나이 들먹이며 기 죽이지 말아요.

예전에 시집살이 좀 쉽게 하려고 애쓴 일 생각난다.

처음엔 주어진 환경과 상황에 놀랐지만

눈치 없는 내가 뭘 알아야 적응도 대응도 할 수 있을 터.

우선 빈번히 쓰는 전화번호 7,8개 정도를 외웠다.

"저 건너 약방에 전화 좀 돌려라."

네... 하면서 다이얼 돌리니 나를 힐끗 본다.

그러고 보니 자주 손바닥 펴고 무얼 짚는다.
육갑을 짚는단다. '당사주'라고 했나...
처음 듣는 얘기지만 가르쳐 달라 해 그 자리에서
띠... 열두 마리와 자리를 외웠다.
내 하는 거 보더니 띠의 특성과 내용도 일러 준다.

'저 건너 박실이네 아무개가 큰일이네...'
얼른 생년월일시 물어 나름대로 풀이를 끝낸다.
'공부보다 꾀가 많네.' 내 설명에 내가 놀라고
그 다음부턴 자리 펴지 않은 사주쟁이다.
뒷마당에서도 연탄아궁이 앞에서도
시공간을 넘는 육갑놀이는 발전을 거듭해
고달픔 삭이는 탕재 같았다고 할까.

생선을 좀 구울까... 맛있는 김치도 있다.
그런데 왜 이리 일어나기 힘들까.
나를 야무진 노인 만들려는 성장통이려니 한다.
봄 휴식 주셔서 감사합니다.

47. 꽃구경

산수유가 구례 일대를 꽃구름처럼 덮고 있다.
그래도 곡성에 가서 장미 축제를 봐야 봄 완성이란다.
또 누구는 섬진강을 따라 광양 매화를 만끽하고
화전에 재첩국 먹으며 엎으러져 있다 오란다.
듣고 보는 것만으로도 남도 향에 취한다.

오늘 아침은 좀 춥다.
꽃 얘기를 한 탓인지 머릿속은 향기 범벅인데
바람은 철없이 윙윙대고 나뭇가지들은 휘청거린다.

어제 애리조나 피닉스에서 박인비가 우승했다.
18번 홀을 들어서는 그녀를 볼 즈음
나는 어디에서 내 마지막 라운드를 하며 살까
채널 돌리니 규슈 최남단의 섬 아마미 군도가 나왔다.
맹그로브 사이로 사람들이 카누를 타며 지난다.

언젠가 딸과 바누아투 계곡에서 카누를 탔었다.
정신없이 내려오던 중간쯤에서
완만한 개울을 건너는 소떼를 만났는데
녀석들은 건너다 말고 물마시며 한가로이 논다.

아무리 소리쳐도 들은 척도 안 하더라.
사위는 조용하고 무섬증이 올라온 나는
울먹이며 '야, 니들 안 가냐?' 우리말로 고함질렀고
딸이 거슬러 오면서 동시에 소떼도 지나갔었다.

바다 보이는 언덕에 사는 것도 괜찮겠다.
해풍으로 식물도 키우고 생선도 말려야지...
비 오는 날엔 짭조름한 갯마을 냄새도 즐기면 되겠다.
아침마다 포구 한 바퀴 돌고
갓 잡은 생선과 커피 한 잔 사 가지고 올까.
갈치 두 토막 구워 뜨거운 밥에 맛있게 먹고 싶다.

윤숙이는 우울하고 처지고 모든 게 싫다고 징징이다.
나도 요즘 재밌는 일도 없고 봄 탓하며 거든다.
"글쎄... 봄 바다를 보면 좀 괜찮으려나..."
"우리 양양으로 바다 보러 갈까?"
죽겠다던 그녀가 콧소리 내며 당장 떠나잔다.

48. 눈비 오는 날

2018년 3월 21일.
수. 눈비.

흐리고 흐리더니 눈 먹은 비가 울먹이며 내린다.
떼쓰는 아이처럼 눈치 보며 그렇게 내린다.
흘깃거리며 멈칫대며 내리네.
벌써 몇 시간째 떨어지는 즉시
질척이는 봄이 된다.
따끈하게 방 덥혀 친구들과 뒹굴고 싶다.

어린 날 담쟁이로 덮인 적산가옥에 살았었다.
창밖엔 감나무가 무성한 잎을 달고 서 있었다.
비 내리면 잎사귀에 떨어지는 소리가 리듬스러워
멜로디를 입히고 가사 붙여 놓았다.
담쟁이 잎들이 가볍게 '타다 탁' 털어 내면
건너편 감잎은 큰 손으로 '툭 툭' 쳐내곤 했다.

'오동나무 비바람에 잎 떠는 이 밤
그립던 네 동무가 모였습니다.
이 비가 그치고 날이 밝으면 네 동무도 흩어져 떠나갑니다.'
서덕출 시인은 소아마비로 거동이 불편해
어릴 때의 동무들이 찾아와 밤새워 놀다 갔었다.
은숙이는 고무줄놀이 때마다 슬프게 단조로 불렀고

따라 부르던 내게 누가 말했다. 은숙이가 음치라고...

경주에게서 전화가 온다.
'스트레스에 지친 듯한' 목소리를 듣는다.
치매 걸린 시모에게 받는 화가 여기까지 전해 온다.
문제는 알지만 내 일이 아닌 걸 어떡하나.
그녀의 남편이 주범인디... 그는 찐 효자다.
"나를 알아보는 부모를 요양원에 두고 어찌 발 뻗고 사나."
그래도 데이케어 센터에 보내니 좀 낫다고 말했는데
그녀가 모르는 소리 말란다.
"아침저녁 목욕 시키고, 기저귀 채우고, 냉장고 잠그고..."
어제 새벽엔 시모가 방에 서 있어서 기절할 뻔 했단다.
심지 깊고 경우 바르고 기억력 좋은 그녀가
요즘엔 귀도 안 들리고 물건마저 흘리고 다닌다.

정신을 어디 두고 다니는 게 치매 노인뿐이랴.
지난 세월 견뎌 온 나와 당신...
마음 한쪽, 어딘가에 묻어놓고 사는 환자이다.

49. 아무개 구속

이 아무개가 구속 되었다.

국민 80퍼센트가 구속을 당연시 한다는 조사도 있었다.

그는 100억의 뇌물과 300억이 넘는 비리를 저질렀다.

그 내용이 너무 치사하고 치밀해서 불쾌하다.

측근 몇몇은 연행되는 그의 문 앞에 서 있다.

국민에게 거짓말 하고 술수 부릴 때 방조한 그들 아닌가.

얼마 전에도 그가 포토라인에 서서 뭐라 하더만,,,

형제, 인척, 모두 동원해 편법을 저질렀구나.

한 신문의 제목은 '모두 잡아떼는...'

110억과 4대강, 자원외교, 땅 의혹, BBK 주식 등

모두 합치면 수 천억인데 정치자금 조금 받았단다.

국민 우롱한 죄는 어떻게 계산 하냐...

"관상이 지대로 과학이네."

야유를 받는 게 좀 거시기하긴 하다.

점심은 설렁탕, 저녁엔 곰탕을 먹었다는 보도에도

"역시 그는 잘 말아 먹는구나..."

"밖에서도 안에서도 말아 먹는 인간이구나..."

그 나이까지 모든 것 누리고 잘 살아왔건만

그토록 그악스럽게 돈을 모아야 하는 이유가 뭘까.
국민 모두는 그것이 정말 궁금하다.

나는 감기가 계속 들락거린다.
오늘은 목도 칼칼하고 재채기 끝에 조금 어지럽다.
애드빌 먹고 길게 몸을 눕힌다.
내 좋아하는 미키 뉴버리를 듣는다.
She even woke me up to say goodbye…
참 많은 얘기들이 떠오르다가 사라진다.
How many times… 인트로에서 먹먹해진다.
세상의 그 어떤 목소리가 이처럼 위로를 주나.

맛이 잘 안 느껴져도 열심히 먹는다.
연어에 야채 넣고 비벼 먹으니 좀 낫다.
된장찌개 끓여 뜨거운 밥에 명란도 올려 먹었다.
육수에 버섯과 콩나물, 대파와 순두부까지 정성 들였다.
더 중요하고 바쁜 게 널려있는 세상인 줄 알았더니
몸이, 먼저 살아야 살아지는구나…

50. 내과

정말 완연한 봄이다.

나만 빼고 전부 봄바람 맞으며 놀러 다닌다.

어젠 힘들어서 집 근처 ○○내과에 갔었다.

여의사는 대뜸 내게 중국인이냐고...

내 평생 살다 이건 뭔 소린지...

자켓 벗고 진찰하는데 또 뭐라고 한다.

"○○년생인데 왜 이렇게 젊어요?"

나는 멍하니 그녀를 봤고, 족히 나보다는 높은 연배다.

아무래도 그녀의 시력에 문제가 있는 것 같다.

휴지 들고 눈물 콧물 닦는 내게 왜 우냐고 한다.

이쯤 되면 헷갈려서 그냥 나오고 싶다.

수액 맞으러 들어가 한 쪽 침대에 던지듯 누웠는데

조금 후 어떤 여자가 내게 오더니 뭐라고 한다.

'이 침대에서 맞고 싶다'는 것이다.

빈 침대 놓아두고 하필 누워있는 내게 그러냐.

자기는 여기 오면 '꼭' 이 침대에서 맞는다며 서 있다.

몸도 무겁고 힘든데 참으로 이상하네.

옆 침대로 와서 눈 감고 누웠더니

여의사가 와서 발을 걸친 나일론 이불을 급히 뺀다.
"이건 발 놓는 게 아니고 덮는 건데 이러면 안 돼요."
뭐가 안되냐... 누워서 발 좀 올려놓을 수 있고
주사 맞을 때 당겨서 덮으면 되지... 참 얄궂다.
그들이 권하는 제일 비싼 링거를 맞겠다고 했고
침대 바꿔 달라 해, 그리 해 주었고
도대체 단골 아닌 것 빼곤 내게 이럴 수는 없다.

오늘 아침엔 전체적으로 안 좋다.
편도선이 부었고 난생 처음 눈꼽도 꼈다.
본격적으로 심한 감기로 들어섰다.
코를 풀었더니 코피가 터지며 온통 피범벅이다.
전신에 맥이 풀리면서 눈물이 주루룩 떨어진다.

하나님, 올해 벌써 감기 몇 번 하는 거예요?
서울... 떠나라는 거예요?
어찌 이리도 모든 게 나를 힘들게 하냐...
어쩜, 내 안의 나를 바꾸는 중이려나...

51. 사람답게 살자

2018년 3월31일. 토.
우두커니 맑은 날.

오늘 '한국 공연 예술단 190명' 평양으로 갔다.
'북핵포기' 조건으로 형성된 남북정상회담과 북미회담...
남북 해빙이라... 글쎄 어찌 될지 모르겠다.
루마니아의 차우셰스쿠, 우간다의 이디 아민,
이라크의 후세인과 리비아의 카다피까지...
그들의 말로는 김정은도 익히 들었을 테고
미국이 얼마나 대단한지도 알았을 터. 두고볼 수밖에..,,

얼마 전 세월호 참사에 대한 최종 보고서가 나왔다.
박근혜는 골든타임에 방에서 두문불출 했다는 결론이다.
더 이상 조사는 국민에게 허망함과 분노만 키울 뿐이다.
그동안 세계로부터의 시선에 우리는 이미 엉망이다.
그냥 당신은 그 힘들고 안타까운 시간에
잠자고 있었다로 한 시대를 덮는다.

일련의 뉴스를 보면 내가 아픈 게 당연 한 것 같다.
그렇게 욕 하던 중국의 미세 먼지는 내려간 반면
한국은 그대로 혹은 높아졌다는
시카고 연구소의 발표는 무얼 뜻하나.
연구 제대로 않고, 떠들지 말고 대책이 필요하다.

디젤 차량 60% 넘는 현실과 노후차량의 배기가스,
발암 물질 천지의 공장들, 화력 발전소 상황도 기막히다.
점진적 해법 같은 소리 말고 연구용역과 문제 파악 즉시
시급한 것들부터 우리 식대로 처리해야 한다.
현재 공무원의 분야별 능력은 최고 아닌가.

인구 절벽으로 걱정인 것 안다.
숫자만 보면 가까운 미래에 나라가 무너질 것 같다.
경제, 아주 중요하다. 정말 중요하다.
이 경제를 누가 견인하나.
국민이 보호되고 존중 받아야 이끌어 가는 거다.
결혼과 가정, 사회가 연결된 이상적인 국가도 지속된다.
자고 나면 터지는 살인사건, 사기천국, 산업재해, 자살...
들어도 보아도 답답하고 슬퍼서 살 수가 없다.
정정당당하게 노력하고 벌고 누리는 거라고
교과서대로 배우고 세상에 나와 보니
사회는 갑질에 큰소리에 사기 치는 사람이 잘 살더라.
제발 사회 악법들 제대로 고쳐 사람답게 좀 살자.

52. 감기야, 4월 왔다

흐리다고 해야 할까, 절대 아니다.
맑다고 할까, 그것도 아니다.
울고 싶은데 누가 쥐어박기를 기다리나.
미세먼지 가득 차 있는 건 알겠는데
하늘도 햇빛도 억울할 수 있겠다.
아, 감기에 취한 내 몰골과 비슷하다고 해 두자.

게슴츠레한 무력감이
나와 봄 사이를 훼방 놓고 있지만
일단 창문 열고 4월과 눈인사 주고받았다.
벌써 9일 째 거의 비슷한 증상이 되풀이 되는데
'시간 지나면 돌아오니 푹 쉬고 잘 먹고...'
이번 감기는 오래 간단다.
누구는 한 달을 앓고 있다며 이 정도는 다행이라나.
머리가 텅 빈 듯한... 이건 감기가 아닐 것도 같다.
더운 듯하면 다시 썰렁하다가 한 번씩 진저리도 난다.
입원해서 정밀검사 해야 되나.

면역력 말 하는데 전부 전문가 수준이다.
분명히 내 몸 어딘가 염증들이 약 기운에 엎드려 있다가 다시 활개 치는 악순환을 끊어야 할 것 같다.
병원 두 곳의 진찰 내용을 꼼꼼히 복기해 본다.
에고... 내가 나를 먼저 점검해야겠다.

그동안 소위 정크푸드라는 건 먹지 않았다.
사람 많은 곳도 조심했고 운동도 열심히 했다.
매사에 감사하면서 취미생활도 했다.
넛 종류, 과일과 야채, 생선, 고기도 적절히 먹은 것 같다.
계란은 아보카도와 함께 내 필수식량이다.
내가 먹는 약은 종합 비타민과 비타민C 정도이다.
커피는 오전과 오후에 즐기지만 한 잔으로 줄일 수 있다.

가자미 노릇하게 굽고 누룽지 끓인다.
구운 김 자르고 오이소박이도 꺼내야겠다.
TV 환경채널을 켜니 근사한 풍경과 음악들이 펼쳐지네.
감기야, 사월 왔어. 너무 그러지 말어.
나는 정말 4월과 잘 지내고 싶다.

53. 명순이네

밤새도록 투덜대며 비가 내렸다.
초등학교 쪽 은행나무들, 일제히 초록초록 한다.
나는 여전히 개운찮고 그냥저냥 껄쩍지근하다.
저번에 사 놓은 노끈 실뭉치로 가방뜨기를 시작한다.

어젠 오랜만에 운동하고
워커힐 근처로 추어탕 먹으러 갔는데
응봉산 허리와 가로수까지 온통 벚꽃 퍼레이드였다.
온돌방에 앉아 마당을 물끄러미 보는데
비 맞고 있는 자목련은 왜 그리도 내 처지 같은지...
국밥은 맛있었고 마꾸라지 튀김도 고소했다.
노곤한 듯 기대앉아 커피는 어디서 마실까.
저마다 한 마디씩 하는데
갑자기 명순이가 즈이 집으로 가잔다.
비오는 한강을 끼고 언덕을 넘어가니 바로였다.
명순이네는 깔끔하고 아기자기 예뻤다.
창밖으로는 안개빗속의 벚꽃들이 꽃바다처럼 펼쳐져
몽롱한 기분으로 맛있는 커피도 마셨다.
에그머니... 떠들다가 늦은 저녁까지 먹고 말았다.

예전, 내 집을 나서면 Cedar Lake 가는 언덕이 있었다.
색색의 꽃들은 향기 가득하고 창문의 커튼이며
덧창의 색깔들과 잘 손질된 마당의 나무들...
그러다 호수에 닿으면 풍기던 숲과 바람이 주고받던
속삭임 같은, 추억 같은 냄새들...
다시 집으로 돌아오며 습관처럼 들었던 노래들...
루더 밴드로스의 Always and forever...

나는 고층 아파트는 괜히 보기만 해도 숨이 차고 싫었다.
10년 전이었나... 이 집을 보러 오던 날은 비가 내렸었다.
집에 들어서고 무심코 창을 열었는데 흙냄새가 났다.
"몇 층이죠?" 이층이지만 앞이 환하게 트였다고 했다.
창 앞의 젖은 감나무 잎이 내 손을 스쳤다.
"이 집으로 할게요."

창밖의 몇 그루 나무들이 철마다 온갖 색깔을 보여 준다.
마주 보이는 행길가도 내 골목처럼 편하다.
한 번씩 저 길 모퉁이를 돌아 그 언덕으로 가는 꿈을 꾼다.

54. 작은 이모

작은 이모가 돌아 가셨다.

아들과 살다가 치매가 오면서 요양병원에 계셨었다.

이모는 명랑하고 진취적인 분이셨다.

행동도 빠르거니와 새로운 것에도 주저함이 없었다.

"늙어 봐. 병원하고 시장, 복지관 가까운 게 최고야."

탁구 칠 때는 날아다닌다고 자랑했다.

맞아, 팔순 잔치 때도 하모니카 연주 했었나.

몇해 전 초가을이었다.

외삼촌네 세 자매, 이모네 딸과 점심을 먹는데

이모 딸은 새로 장만한 45평 아파트와 상가 자랑을 했다.

식사후 세 자매가 여름바지를 입은 게 보여

나는 근처 가게에서 세 자매에게 바지를 사 주었다.

얼마 후 세 자매 중 둘째에게 전화가 왔다.

고모가 자기 엄마에게 뭐라고 퍼부었다고 한다. 예컨대,

86세의 시누이인 이모가 올케 되는 82살의 세 자매 엄마에게

"○○이가 우리 딸만 쏙 빼고 자네 딸들만 옷 사 주었다며?

우리 딸이 대성통곡을 하며 전화가 왔는데..."

1912년생 울 엄마는 다행히 치매가 없었다.

노인정에서 고스톱 계산도 척척 하고는 다음 날 아침,
피곤하다며 병원에 갔고 일주일 후 돌아가셨다. 94세.
긍정적인 성격에 재주 많고 비교적 편안한 삶이었다.
사범 여학교 졸업 후 일본 무역회사 타이피스트로 일했고
사촌오빠 동창이던 아버지와 결혼 했었다.

요즘 치매 보험 들었느냐며 사람들이 자주 묻는다.
들어야 하나 어쩌나 생각해보긴 해야겠다.
그리고 한편으론 이런 생각도 해본다.
고달픈 세상 일 지우고 싶은 것 아닐까.
뇌 속의 즈이들도 힘들어 놓아버리는 걸까.
억울한 일들이 찌꺼기처럼 쌓여 뇌의 소통이 막힌 걸까.
너무 외롭거나 슬프게 살아도 안 되겠다.
그러니 사람 아프게 하지마라.

이모... 정말 잘못 했어요. 미안하고 죄송합니다.
살면서 도움 못 드린 것들, 알게 모르게 한 잘못들,
다 용서하시고 천국에서 편히 계세요.

55. 외숙모

모란이 함초롬하게 웃는 듯한 날씨
나는 고개 떨군 붓꽃 같다.
호밀빵 한쪽 썰고 아보카도와 계란, 오렌지 한 개.
애즈원의 '원하고 원망하죠...' 잠잠히 듣는다.
나대신 대답해 주는 것 같은 섹소폰... 아릿하다.

오늘 배우 최은희 씨가 92세로 돌아가셨다.
장례식에 '바보처럼 살았군요.' 틀어 달라고 했단다.
영화처럼 살다간 그녀가
바보처럼 살았다고 하면 나는...
'사랑방 손님과 어머니' 요즘에 봐도 명작이다.
조연이었던 김희갑, 도금봉 씨도 천상 배우였다.
험난의 시기에 한국 영화계를 위해 헌신했던
최 선생님의 여정에 감사를 보냅니다. 편히 쉬소서!

우리 외숙모도 중환자실에 계시다는데...
외숙모는 외국 여배우를 닮은 드문 미인이셨다.
내가 초등 5학년 즈음 한 동네서 살았었는데
어느 날 놀러가니 흥얼대며 빨래를 널고 계셨다.
"무슨 노래에요?"

"고향 노래야."
"고향이 어딘데요?"
"청량리..."
"처녀 적에 우리 집 담벽에서 부르던 노래야."

지번에 세 자매와 요양병원에 갔었다.
나탈리 우드 같던 예전 모습은 어디로 갔을까.
활달한 성격에 요리솜씨도 좋던 분이셨다.
나는 외숙모의 가늘고 힘없는 손을 살며시 잡았다.
"내가 누군지 알겠어요?"
"그럼 알고 말고..." 우린 몇 마디 주고 받았다.
조금 후 요양사의 식사 시중이 끝나고 나도 일어섰다.
"외숙모 또 올께요. 그동안 잘 계셔요."
"그럼 또 와야지. 네가 안 오면 섭하지."
그 말에 우리 모두 크게 웃었다.

병원은 햇빛 가득하고 창밖엔 나무들도 있었다.
"언니, 여기 좋지? 여기 구하느라 힘들었어."
그냥 보아서도 밝고 좋은 곳이었다.
이제 외숙모가 창가에서 노래 부르면 안성맞춤이었다.

56. 남북정상회담

아침 뉴스는 단연 남북정상회담이었다.
세계의 눈도 전부 한반도를 향하고 있다.
김정은이 남쪽 '평화의 집'에서 회담을 시작하며
우리와 세계의 염원이 한 목소리를 내는데 반해
아무개는 아사히 인터뷰를 하며 '생 쑈 하지 마라'고 한다.
그런 쑈라도 분단 이후 처음이니 잠자코 좀 보자.

요즘 한쪽에서 떠드는 소리를 가만히 들어 보면
국민을 위한 생산적인 정책과는 다소 거리가 있다.
그들만을 위한 정치나 정책인가 싶던 적은 있었다.
그럴듯해 보면 아무 것도 아니더라.
특히 반대할 때는 명확한 사실 검토를 하고
더 나은 방향과 정책을 제시하면 된다.
그 다음엔 국민이 판단해서 옳은 쪽으로 밀어줄 것이다.

이제 내 문제로 돌아와 보면
아닌 밤중에 홍두깨보다 더 놀라 어이없다.
40년 하던 일을 그만 두고 편히 살고 싶으니
노후를 위한 집 문제와 대책을 세우란다. 내가 왜?
그의 말대로 쥐뿔도 모르는 내가 뭔 아이디어가 있나.

그나저나 그 쪽의 허드레 집사직을
30년 전에 그만 두었는데 지금 뭔 소리인지.
하도 수족 부리듯 위아래에서 떠들기에
모든 것 다 내려놓고 포기하지 않았던가.
갑자기 이런 상황에 생각은커녕 귀까지 먹먹하다.
예전에 내게 하던 언행을 생각하면 격세지감을 느낀다.

"이 많은 물건들 다 어떻게 처리 하나."
"우선 방 하나를 정해 중요하거나 필요한 것들 챙겨 넣고
나머지는 업체 불러 버리면 되고...
A4 용지 벽에 몇 장 붙여놓고 해야 할 일들 계속 적어요.
중요하고 빨리 해야 하는 일부터 크게 번호를 매겨요.
그리고 하나씩 해결 되면 틱- 해요."
미운 일곱 살에게 하듯 차근차근 일러준다.

57. 인생은···

어제 내린 비로 미세먼지는 조금 씻었다.
나는 여러 일들이 더께처럼 짓눌러 숨쉬기도 힘들다.
일 년에 한두 번 오던 전화가 자꾸만 와서 다그친다.
집 어찌 되었느냐, 어느 쪽에 봤냐, 몇 평이냐,
그때마다 생각은 정지되고 말문도 막힌다.
찐 보리굴비를 팬에 잘 구운 뒤 물에 밥을 말았다.

내가 그동안 감기 앓았던 게 전초전이었나.
기억들 끊어 내려면 감기보다 독해야 하겠지.
그간 잘 살아온 내가 대견할망정 왜 전전긍긍하냐.
가긴 어딜 가며, 떠나고 피할 이유 없다.
어떻게 살든 나와 엮지 말라고 딱 부러지게 말하면 되지.
굴비 한 조각 찢어 삼키려는데 넘어가지가 않네.

밤늦게 윤숙이와 통화 하는데
내 맘 좀 털어 놓으려 하니 그녀의 설움이 더 크다.
화재 경보로 8층에서 미친 듯 내려오니 오작동이었고,
가슴 뛰고 무서운 중에 신발 한쪽은 간 곳 없고...
"요즘은 그냥 힘들고 외로워 자꾸 눈물이 나..."
콧물 섞인 그녀의 푸념이 라디오 연속극처럼 들린다.

갑자기 영화 〈모정〉의 마지막 장면이...

제니퍼 존스가 뛰어 올라가던 언덕이 떠오른다.

앤디 윌리엄스의 목소리가 황홀하던 그곳...

'Love is many...'

한 그루 작은 느티나무 서 있던 그 언덕으로 간다.

절망과 슬픔이 범벅된 그녀의 눈 잎 저 밀리

아무일 없는 듯 윌리엄 홀덴... 그가 웃으며 내려온다.

아... 삶은 살아내는 것이리라.

눈에 잡히고 손에 만져지는 것만이 아니라는 것.

내 깊은 곳에서 나를 만나 서서히 일어나는 것.

희비극의 굽이를 돌다가 넘어지는 건 당연해.

그래도 나를 기다리는 많은 것들이 있잖아.

그럼... 내가 이만한 일에 포기 할 순 없지...

'Life is a many splendored things...'

사랑 대신 인생을 넣으니

또 다른 목소리가 눈물을 닦아준다.

58. 봄을 타다

지난 밤 '기분 좋은 밤'이 끝나갈 무렵
내 생각이 엉키면서 잠도 놓치고 뒤채느라 혼났다.
저마다의 사연이 구구절절 다르건만
김태욱의 좋은 목소리는 단번에 정리한다.
그의 멘트는 단순하고 툭 던지듯 군더더기가 없다.

어제 명이와 점심 하는데
등도 아프고 어깨도 안 좋고 마디마디가 아프단다.
오후에는 관절 전문 병원에 예약 했단다.
글쎄... 심인성 스트레스, 우울증, 루프스...
내가 아는 사람들의 병과 사연들이 막 떠오른다.

마트에 들려 동네를 기웃하며 오는데 자꾸 처진다.
봄 탓도 있으려나. 그동안 카페인을 줄인 탓이려나.
나를 포함, 왜 이리 불편한 사람들이 많은가 몰라.
집에 와 털썩 앉으니 서러움이 와르르 온다.

언제였나. 아버지 뵈러가서 무심결에 털썩 앉았고
아버지가 힐끗- 돌아 보시면서 그랬다.
"아버지가 맛있는 커피 만들어 줄까?"

그땐 아버지와의 시간들이 소중한지를 미처 몰랐다.
늘 그렇게 흔들의자에 앉아 계실 줄 알았다.

커피 마시며 영화 얘기 하자는 사람도 없다.
허버트 바담 전시회 보며 걷던 도시도 멀리 떠나왔다.
한 사람씩 노인 행세 하더니 내게도 눈치를 준다.
서 있으면 다리 아프고 누워 있으니 허리 아프다면서
어찌된 게 전화는 한 시간씩 한다.
언젠가 여고동창 아무개의 시모가 그랬다던가.
"대학 나왔다더니 조디(주둥이)과 전공 했냐?..."

봄 타는 가봐. 하자마자 옆에서 튕기듯 말한다.
"병원에 가서 마늘 주사 맞으면 돼."
저쪽 대공원의 꽃과 식물들이 예쁘다더라.
"애들 노는데 늙은이가 어정거리면 쫌 그래..."
뭐... 즈이들한테만 봄이 오나?
나도, 주위도... 안녕하지 못한 것 같다.
요놈의 봄이 왜 이리 힘드냐.

59. 나의 생존법

조금 전, 내가 뭘 하러 가는 길이었지?
무슨 생각을 하고 있었는지 서 있는 곳을 보니 어이가 없다.
에그머니, 현관 슬리퍼를 신었네.

지금 나는 갑작스런 변화에 갈팡질팡이다.
이후에 전개될 일에 미리 겁먹을 필요 없다.
어찌 될까 염려와 '그렇게 되면'이라는 단정도 안 된다.
지금은 저울질도 안 되지만 포기도 안 된다.
나의 모든 것 아시는 하나님께 작은 소리로 부탁드린다.
쓸데없는 일에 마음 쓰게 마시며
작은 일에 일희일비 않게 하시며
크고 담대한 긍정적인 시각을 주십시오.

운동 끝나고 비실대며 나오니 밥 먹으러 가잔다.
벌써 메뉴는 봉추찜닭으로 정해졌고
누구랄 것도 없이 길 끝의 그곳으로들 올라간다.
오늘 '가위 바위 보'는 기숙이가 져서 커피 샀다.

왁자지껄 떠들다가 집에 돌아와 앉으려니
오전의 내가 기다린 듯 생각을 재촉한다.

126

숨이 조여 오듯 하고 목구멍도 알싸해진다.
저 먼 곳에서 시작되는 많은 것들이 새싹처럼 돋아난다.
크고 작은 어줍잖은 것까지 먼지처럼 일어난다.
아... 생각만으로도 미쳐버릴 수 있겠다.
슬픔은 치매도 없나...

〈Alone 2〉를 본다.
열 명의 사람들, 열 개의 캐릭터, 열 가지 생존법...
영화나 사건에 자신을 대입시키며 흥분한 적 있으리라.
하지만 이런 리얼 다큐는 생명과 직결된 만큼
자연과 겸허하게 친구 되는 능력이 필수이다.
50만 불이라... 그들의 절박함과 상금이 수시로 교차 된다.
극한 상황에 놓이게 되면 본성은 또 다른 함정이다.

순간의 생각만으로 마음을 결정하지 마라.
당장 쉽게 해결하려고도 말아라.
나의 생존법은 나를 모든 것의 첫 번째에 놓고
나는 내가 결정한다.

60. 마사지

몇 번이나 깨고 자고 하다가 늦잠 잤다.
누워서 보는 하늘이 예쁘다.
미세먼지는 가득해도 태양은 웃는구나.
늘 좋은 것도 나쁜 것만도 없다는 일상을 생각케 한다.

새벽에 얼핏 뉴스를 들으니
트럼프가 6월 12일 예정이었던 북한과의 회담을
전격 취소했단다. 모르겠다.
그간의 회담과 내용이 쑈- 라기 보다
트럼프의 정치 성향을 북한이 착각했거나
동상이몽이었거나... 옆에서 거든 사람들 큰일이네.

꿈속에서 유재석의 집이라고 구경을 했다.
이층의 거실에서는 숲길과 멀리 뚝방도 보였다.
저쪽으로는 화려한 빌딩, 스카이라인이 근사하다.
그 집에서 내려오니 가게도 즐비하다.
꿈이 말하려는 게 뭐지?
내 맘 속에 반대되는 여러 개의 시선이 있구나.

막내와 이케아에서 여기저기 둘러보았다.

그냥 구경하며 돌아다니고 싶은 때가 있는 것 같다.
사탕가게에 온 아이처럼 신났다고 할까.
발바닥이 아파 올 즈음 우린 푸드코트에 앉아
닭갈비 스테이크와 샐러드를 나눠 먹었다.

6시. 예약한 집 근처에 있는 마사지샵에 갔더니
그 사이 바빠서 못 간 사이에 주인이 바뀌었다.
그동안 여러 팀 소개했고 모두 좋아했었다.
우리가 옷을 갈아입고 안내된 방에 가니
나이가 좀 있는 듬직한 태국 아가씨 두 명이 들어온다.
온 몸이 꺾이고 눌리고... 태국에서 받던 그대로다.
솜씨 좋다고 칭찬해 주었다.

끝난 뒤, 고마운 두 사람에게 각각 팁을 주는데
별안간 덩치 큰 여자가 나를 와락 껴안았다.
그 옆의 아가씨도 내 옆구리를 끌어 안는다.
얼결에 나도 양팔을 벌려 꼬옥- 안아 주었다.
타국에서의 외로움과 고단함이 온 몸에 전해 온다.

61. 강사 자격

세상... 너무 복잡하고 어렵다.

더욱이 미국과 북한이 줄다리기를 하는 중에

우리와 세계는 편안치 않고 안절부절이다.

단순 회담을 넘어 국가흥망의 밑그림이 될 수도 있다.

'핵 포기'와 관련된 것이라 섣불리 말하기 그렇다.

말 한마디에 즉흥적 상황도 가능하다.

트럼프와 김정은, 면면을 보면 신경이 곤두선다.

북한아... 불필요한 허세 좀 그만 둘 수 없겠니.

구글에서 개발한 AI는 일상적인 업무를 처리할 수 있다.

대체 인력으로 될 것이고 일자리 부족도 생길 것이다.

문과 대신 이공계가 각광 받은 지도 좀 되었다.

글쎄... 인공지능에 대한 많은 이슈는

교육과 사회 전반의 새 패러다임을 짜야 할지도 모른다.

그래도 인문학은 대학의 중심이고, 간과해선 안 된다.

앞으로는 로봇에게 시놉시스만 줘도

인간과는 다른 관점에서 해석한 작품도 나오리라.

라디오에선 '백만 불짜리 메신저'를 소개한다.

강사 자신의 특별한 경험, 극복과정, 매력적 표현 등.

5가지는 갖추고 강의 하라는 것인데
책 소개하는 분의 '내용 설명'이 더 능력 있어 보인다.

나는 방과 후나 점심시간에 얘기 듣는 걸 좋아했다.
듣는 순간 알아차리면 대번에 족집게가 된다.
그때 우리의 문제는 대략 세 가지 정도였다.
첫사랑, 부모와의 소통, 진로 문제.
네 문제와 생각이 이렇구나...
어벙한 내가 똑똑한 나로 바뀌는 순간이다.
"그니까... 첫인상과 달라서 끝내고 싶은 거지?"
어렵게 꺼낸 말을 쉽게 알아듣고 나름의 방법을 제시한다.

남북정상회담 4.27에 했고
북미정상회담도 우여곡절 겪고 있다.
한북미회담은 언제 하냐고?
별들에게 물어 봐야징...

62. 판사 아무개

'넓은 시야를 가진 사람은
그늘의 가장자리가 햇빛의 경계임을 안다.'
비슷한 생각을 갖고 오늘까지 살아 왔다.
'아... 바닥이구나. 어떡하지?'
걱정말어... 이제 차근히 올라갈 일만 있으니까...
내가 끝까지 밀려나 더 누울 자리가 없어
벽에 가만히 붙어 있었다.
고개를 돌리니 문이 보였고, 열면 바깥이었다.
가만있으면 벽에 붙은 짐짝 밖에 더 되겠는가.

그들 시집에서는 성을 내고 다음엔 악다구니를 썼다.
판사라는 아무개는 삿대질 하며 팔자대로 살란다.
뭔 팔자? 니가 만들었니?
우리 부모님은 그런 팔자 내게 준 적 없거든?
큰며느리는 죽을 때까지 시집의 종노릇 하며 살라고?
너는? 이 집 아들이잖아. 뭐? 셋째니까 관계없다구?
아서라... 기본도 안 되는 네가 감히 누구를 판단한다고.
난 내 아이들 데리고 뒤도 옆도 안 보고 떠났다.

동창들 몇이 바느질 좀 하자고 해서

주변 없는 내가 시작한 지 벌써 5개월이나 되었다.

이사 때문에 오늘 네 번째 가방 마무리하는 날이다.

커피 만들어 자리에 앉는데 한 마디씩 던진다.

"요즘 그 아무개가 뉴스에 자주 나오더라."

"달도 차면 기우나니."

그렇게 위선 떨며 나랏일 힐 줄 생각도 못했다.

자신의 안위만을 위해 살아온 속 좁은 화상이

기름종지만한 그릇으로, 두루 살피는 자리에 앉을 줄...

수십 년간 자신을 추종하는 곳에서만 놀다 보니

교만에 찌든 시야가 한 치 앞도 분간 못했나.

알량한 권력에 취해 세상도, 사람도 우스웠을라나.

그 집 3대 가훈 있잖아.

모른다, 생각 안 난다, 그런 일 없다.

그래도 이건 알아야지.

세상과 사람이 함께 잘 살려는 약속이 법이라는 걸.

사람 우습게 알고 약자에 함부로 하던 네 얼굴

저기 사거리에 펄럭이더라.

63. 보랏빛 향기

요즘 다큐멘타리 보는 즐거움이 크다.
⟨The last frontier Alaska⟩
오늘 에피소드는 여자들 팀(오토가의 딸, 며느리, 친구)
여름 목장으로 소떼를 몰고 가는 일이다.
갯벌을 지나고 언덕과 비탈을 잇는 험난한 여정이다.
그녀들의 용기와 지혜, 팀워크와 자신감에 경의를 보낸다.

또 다른 다큐에선 미시시피강이 지나는 동네가 나온다.
나는 미시시피가 세계 제일의 긴 강이라고 배웠다.
글쎄... 크고 긴 것 보다는 인간의 생존에
얼마큼 영향을 주었느냐가 중요하지 않겠는가.
지구의 허파인 아마존, 아프리카의 젖줄 콩고강,
6개국을 지나는 메콩 4,000킬로미터의 생명력도 엄청나다.
문명의 발상지 나일강은 역사의 시작 아닌가.
아무튼 6,000킬로미터 31개 주를 거친 미시시피는 참 대단하다.

⟨보랏빛 향기⟩의 강수지가 드디어 향기를 찾은 것 같다.
김국진이 쓴 '문', 참 사랑스럽다.
똑 똑 똑... 누구니?
수지예요. 너구나...

넌 두드릴 필요 없단다.

내가 살던 동네에도 봄이면 쟈카란다가 보라빛으로 넘쳤다.
그 황홀한 보라가 흩날리기 시작하면
내 머리 가슴 할 것 없이 온통 잉크색 범벅이 되었다.
누구는 그리운 이름 가슴에 두면 한숨이 난다고 하더니만
나는 잊었던 이름 어디 둘 데 없어 눈물 나더라.

4학년 봄이었나. 먼 기억들이 방금 지나온 것 같다.
성준이랑 진기, 우리 일행이 천마산에서 내려오니
마석에서 가득 채운 완행열차는 그냥 떠나고
노을 넘어가던 평내역엔 젊은 열기로 가득하다가
하나둘씩 어깨동무 하며 선창하기 시작했지.
'날이 밝으면 멀리 떠날 사랑하는 님과 함께...'

오늘 〈민들레 홀씨되어〉 혼자 불러본다.
지난 날 함께했던 얼굴들이 눈물 속으로 스쳐간다.
5월이 산등성이에서 손을 흔든다. 사랑했었다...

64. 소통

어제 사촌인 경옥이 내외가 와서 궂은일들을 끝냈다.

변기도 새로 갈고 미장까지 깔끔히 수리했다.

부엌 등도 들어내고는 마무리도 순식간이다.

준비한 고기 구워 맛있게 먹는데

"언니, 이 집은 팔면 안 되고 세 줘야 해..."

새벽에 경옥이가 전화해서 깜짝 놀라 깼다.

"식탁... 아무래도 가져가야겠어요. 9시에 갈게요."

세상에나... 새벽 다섯 시 오 분이다.

즈이가 일찍 움직이는 루틴이라도 이건 너무하다.

일어난 김에 계란도 삶고 커피도 즐기고 9시가 되어간다.

"애, 어디쯤 왔니? 차를 담벼락에 바짝 붙이고..."

"언니, 뭔 말 하냐? 나 지금 집인데..."

"엥? 9시까지 온다며?"

"저녁에 가게 문 닫고 가면 9시 되지."

"맙소사... 밤 9시에 오는 걸 왜 새벽에 전화 하는데?"

내 목소리가 좀 크고 높아졌다.

"언니 그럼... 식탁 의자 4개만 가져 갈까?"

아이고..이건 뭔 식탁이 헷가닥 넘어지는 소리냐...

저녁에 내외가 딸기를 사와서 맛있게 먹고
식탁 세트와 화장대까지 다 실어 갔다.
"언니, 우리 밭에서 상추랑 쑥갓이랑 많이 가져왔어."
유기농 푸성귀를 보니 명이에게 주고 싶어 전화했는데
병원에서는 이상 없다는데 계속 아프단다.

요즘 주위에 편안치 않은 사람들이 많은 것 같다.
어떤 이는 새벽기도를 몇 년째 다니는데
하나님이 모르는 척 하시는 것 같단다.
문제를 놓고 기도를 하지만 여전히 그대로라고 했다.
내 욕심은 놓아 둔 채 문제만 얘기하니 불통이지...
아이가 떼를 쓰면 어른이 다 들어 주냐?
잔뜩 '이고 지고' 왜 안주냐고 뭐라 그런다.
잘난 자신과 더 잘난 남편, 자식까지 다 껴안고는
없는 한 가지... 입맛대로 안 준다고 탓을 한다.

65. 우체국

요즘 너무 잡다한 일들과 염려로 지냈다.
아직도 내가 부족한 사람인 걸 여러 상황에서 느낀다.
실제로 이사 때문도 있지만 매사에 진이 빠진다.
차근히 들여다보면 아무 것도 아니다.

희령이가 깻잎김치, 갈치조림, 김무침을 보냈다.
이삿짐 싸는 동안 밑반찬 하란다. 정말 고마워...
몸살 기운도 있고 전체적으로 편하지 않다.
감잎 차를 마시다가 퍼뜩 생각이 났다.
그래... 내가 힘든 것처럼 저마다 힘든 일 있지.
저번 날 경주는 귀 문제로 보청기 맞추고 바빴단다.
시모 문제로 스트레스 받는 것도 여전하고
겨우내 절에서 삼삼오오 초파일 '등'을 만드는데
귀 때문에 말 섞기가 뭐해서 혼자 있었다고 했다.

손질 끝낸 빨강 꽃무늬 가방을 꺼내 놓는다.
그 안에 뭘 넣어서 보내면 좋을까.
귀 문제 빼면 부족할 게 없는 친구다.
그간 저녁시간에 자투리 헝겊으로 만들어 놓은
귀엽고 자그마한 지갑 8개를 넣었다.

그러고 보니 이사람 저사람 다 밟힌다.

혜득이는 나들이도 많고 딸도 있어 저것들 주고...

희령이도 앞전에 미처 못 준 것들이 한 짐이다.

점심때가 지나서인지 우체국은 조용했다.

두 번에 걸쳐 물건들을 운반하고

한참동안 박스를 만들고 보니 다섯 개나 된다.

보내는 값에 박스까지 더해도 3만원이 안 된다.

이 돈으로 이렇게 기분 좋은 일을 어디서 살 수가 있냐.

장작 패고 운동하고 고것으로 불을 때면 따실 테고...

돌아오며 경주에게 큰 목소리로 전화 한다.

"별 일 없지? 절엔 언제 가니?

아... 음력 초하루. 보름에 가는구나."

밝은 목소리가 그동안의 이것저것 내려놓게 한다.

"방금, 우체국에서 뭘 좀 보냈어. 내일 도착한대...

너도 쓰고... 주고 싶은 사람들도 주고..."

66. 살고 싶은 사람

2018년 6월 19일, 화.
그냥 저냥 맑다. 27도.

남쪽 제주도 근방으로 여름 장마가 시작하고 있다.
기상 사진을 보니 오키나와 그 주변부터
벌떼처럼 여름비가 몰려오는 중이다.

지난 며칠 간 두 번이나 ㅇㅇ에게서 전화가 왔었다.
내가 너무 보고 싶어서 미치겠단다.
"술 먹었니?"
"안 먹고 맨 정신에 어떻게 말이 나오냐?"
"그래서 왜?"
그냥 자기 평생에 나처럼 도움 준 이가 없단다.
죽기 전에 옆에서 함께 살아야 겠다는데...
세월 가니 옛 추억들이 너무 그립고 사무친단다.
누가 들으면 신파극 찍는 줄 알겠다.

그녀는 참말로 오지랖도 태평양에... 항상 바빴다.
내 가진 것 없으면 남의 것을 빌려서라도
잘 베풀며 정 많고, 순발력에, 머리 회전이 빨랐다.
미루지 않는 속전속결... 그래서 실수도 많았다.
아, 78년 가을엔가 함께 운전면허를 땄었구나.
새로 뽑은 '포니' 몰고 우리 집에 왔던 일이 어제 같다.

그때도 지금도 어리바리한 나는
그녀의 겁 없는 성격을 용기로 보았고
사람들이 간 크다고 할 때도 대단한 사람으로 보였다.
통이 크고 손이 큰 것도 '리더'로 타고난 듯 했고
실제 8남매의 장녀로 모든 일을 잘 해냈다.
이웃하며 아이들도 같이 크고 어찌 가깝지 않았으리.
"아무리 봐도 자기 밖에 없더라. 세상 둘러봐도…"
한숨 섞으며 푸념 비슷하게 잦아든다.
"술 먹지 말어. 다리도 아프다면서…"
"난 괜찮아. 늘 자기 잘되라고 기도하고 있어…"

노후에 일신이 편안한 것 중 하나는
허물없는 친구들이 주위에 있는 것이리라.
친구는 귀 기울여 주며 웃어주는 같은 편이다.
하지만 어느 한 편이 기울면 힘이 부친다.
뭐든지 떵떵 거리는 사람이 잘난 줄 알았는데
지나고 보니 말없이 부지런한 사람이 다 가졌더라.

3장

오모우 추억

2018년 6월 21일. 목.
맑다. 30도.

뜨겁던 하루가 저물었다.
저쪽 하늘은 잔 빛과 노을로 붉게 푸르스름하다.
이삿짐 정리 하다가 나온 식탁보를 보고 있다.
95년 봄 이사를 했고, 집 모퉁이 가게에서 샀던가.
장미꽃 피던 그 주말, 지수네와 오모우(Ormeau)에 갔었다.
한 켠에선 테니스를, 다른 쪽에선 바베큐가 한창이었다.
그때 집 주인과 인사했고 인연이 시작되었다.

우리는 한 팀이 되어 자주 산으로 갔다.
처음 Hinze Dam에 들려 호수를 보던 날이 생각난다.
바람이 호수를 가로 질러 와서 나를 간질였다.
이때의 느낌은 뭐랄까... 환영 받는 듯 해서
그 후 우리 집에 오는 손님은 꼭 이곳에 데려 갔었다.
여기서 산허리를 돌아, 오르내리면 스프링브룩이다.
꼭대기에 있는 잉글리쉬 가든 맞은편 사잇길로 가면
시냇가에 장작이 쌓인 오븐과 테이블이 보인다.
팀워크는 그야말로 퍼펙트였다.
성수네가 불 피우며 우스개를 빵빵 터트리면
지수네는 철판 닦아 고기 굽기를 시작했던가.
Lookout point 흘깃대며 탬보린 마운틴으로 가던 길.

티 츄리와 덤불의 쌉싸름한 향기는 매캐한 듯 아련했다.
마카다미아가 툭, 툭, 떨어지는 낡은 테이블에서
늦은 오후에 즐기던 커피... 잊을 수 없다.

빨강 체크무늬 식탁보를 당겨와 껴안는다.
장작불 타던 연기 냄새도 난다.
지수네 부부의 커다란 웃음소리도 배어 있다.
검츄리의 마른 가지들이 외로워 비벼대던 소리도 들린다.
쓰다듬노라니 무수한 산길이 손에 잡힐 듯 하다.
다시는 그 시간으로 가지는 못하지만
우리 처음 인사 나누었던 팜츄리 즐비한 오모우 언덕...
햇빛 쏟아지던 인동초 뜨락을 어찌 잊을까.

와인과 맥주를 빚어내고 근사한 정원을 꾸민 솜씨며
세상사를 해학과 박식으로 정리하던 허경복 씨,
총기와 재치가 넘치며 매사에 지혜로웠던 이상인 씨,
"여기 오래 사실 거예요?" 처음 만나던 날 물었죠.
그럼요... 지금도 두 분은 제 마음에 살고 있습니다.

68. 청소

칠월의 첫 날. 여름 비가 내린다.

마트에 가면서는 에스컬레이터가 헷갈려

아들과 만나기로 한 지하층에 내리니 다른 층이다.

"엄마. 반대로 타면 어떡해."

"그러지 마... 그럴 수 있어."

아들에게 말하면서 나에게도 주의를 준다.

어제는 살던 집 청소하러 나서는데

소식 뜸하던 ○○씨가 이사 얘기 들었다며 안부를 물었다.

유월 가는 게 아쉽다며 근처에서 밥 먹자고 한다.

내가 요 며칠 해야 할 일들을 줄줄 꿰었더니

힘든 얘기하면 어울리지 않는다며 뭐라 그런다.

"함박꽃 같은 사람이..." 한마디에 코끝이 찡했다.

옛집에선 40대로 보이는 두 분이 청소를 하고 있었다.

이 더운 날에 어제 종일 낮과 밤을 새웠다고 했다.

벌써 오늘 새벽 예배도 마치고 왔다고 한다.

청소 도우미를 앞집 김 선생님에게 부탁했었다.

"내가 도우려고 했는데... 벌써 다 했네요."

괜히 멋쩍고 고마워서 나는 횡설수설 한다.

"교회 다니세요? 예수님 믿죠?"
그녀가 땀을 닦으며 맑은 눈으로 나를 본다.
"네... 유년 주일학교 다녔어요." 엉겁결에 대답한다
돈을 드리니 선교헌금으로 뭐라 하는데
확실한 내용은 잘 몰라 일단 준비한 봉투를 드리고
고맙다는 인사를 한 뒤 남은 뒷정리를 마쳤나.

조금 후 씻고 나온 그녀는 눈이 부셨다.
크림색 원피스에 베이지색 모자를 정리된 머리에 얹는다.
그 모습이 흡사 서부영화 속의 모린 오하라 같다.
"아이고... 이뻐라." 나도 모르게 그녀를 안았다.
이렇게 멋진 여자들이 내 집에 와서 일을 하다니...
하나님 당신이 보냈나요?

유월의 마지막 날.
내가 천사를 만난 게 틀림없다.
일 하셨던 두 분께 빛나는 일들이 넘치기를 소망한다.

69. 옥수수

미세먼지 없는 푸른 날.
화분에 물을 주면서 요즘의 속내를 중얼거렸다.
그 아이들이 뭐라고 반응했을까.
한 곳은 헛소리 말라면서 물 흘리게 하고
어떤 잎사귀는 철 좀 들으라고 슬쩍 내 손을 건든다.
선인장 두고 오길 잘 했다. 혼 날 뻔했다.
아들이 들어오면서 잔소리를 시작한다.
"엄마, 계란 왜 안 먹었어? 바나나도 여태 있네."

나는 의외로 많이 촌스럽다.
아담한 도시 변두리, 장날이 서는 동네에 살고 싶다.
살아 보지 않아서 그런다고 했다. 반쯤 맞다.
열무, 강낭콩, 얼갈이, 호박, 가지, 방금 낳은 달걀...
텃밭에서 흥얼대며 키운 것들 보고 사고 싶다.
"용두리 언제 갈거니?"
윤숙이는 재촉 하지만 나는 옥수수가 익어야 간다.
그늘에 퍼질러 앉아 열무김치에 '메밀' 말아먹고 싶다.
뜨거운 밥에 파김치 얹어... 눈물 나온다.

몇 년 전 한동네 살던 지인 부부가 고향에 집을 지었다.

"여긴 어떡 허니?"

나 보고 사란다. 뭐, 콩나물 사냐?

얼마 후 생각지 않게 그 집을 사게 되었고

꽃피는 봄날 초대 받아 시골에 갔다.

사과나무와 매실나무로 둘러싸인 아담한 집에서

황토방에 장작불 지펴 잘 자고 난 아침,

부슬비는 내리고 텃밭 고랑엔 웬 풀들이 줄줄인지...

비 맞으며 두 세 고랑 뽑으니 얼마나 개운하던지.

조금 후 그 집 남편의 외치는 소리가 바깥에서 들렸다.

"아이고 큰일 났네. 누가 옥수수 모종 다 뽑았네."

누구에게나 소녀시절의 확실한 그것 있으리라.

어른이 되어선 절대 경험할 수 없는 판타지 말이다.

빗소리에 놀란 감꽃이 터지며 떨어진다든가

장작더미에 누워 듣던 개울물의 시시덕거림 같은 거...

아, 능풍장의 햇살 가득한 온실에서

꽃과 새들의 티키타카는 들어본 적 있을랑가.

70. 강화도

경옥이가 강화도에 집을 마련했다고 초대했다.
어제 아침, 막내와 88고속도로 따라 갔는데
신호등 없이 한 시간 만에 초지대교에 도착했고
길상면 해안남로 지나 소나무 둘러싸인 집으로 갔다.

집 주변의 흙은 검은색에 영양이 가득해 놀랐다.
나도 모르게 무심코 한 줌을 쥐어 보았다.
둘러보니 소나무들이 곧고, 색이 진하고, 늠름하다.
멀리 전등사 쪽 주변의 나무들과 숲들도
키가 크고 검푸르게 우거진 모습이라 또 한 번 놀란다.

300평에 앉은 집과 텃밭은 잘 가꾸어져 있었다.
이른 봄부터 얼마나 애썼는지 눈에 보인다.
갓 따온 옥수수 삶아 두 개나 먹었다.
병아리도 27마리 중 1마리만 밟혀 죽고 잘 키웠다는데
지금 닭 몇 마리 솥에서 끓고 있어 괜히 미안하다.
양파는 달고, 고추는 상큼하고, 가지무침은 고소하다.
금방 따 온 토마토의 비릿한 싱싱함도 너무 좋다.
깻잎의 향기는 가슴까지 시원하다.

숲 가운데 앉은 집에서 먹는 유기농 점심이라니...
마침 경옥이 오빠 종수도 와 있어서
우리는 어릴 때 놀던 개천과 골목을 누비며 떠들었다.
우물가에 있던 석류나무에 오르던 일까지
금방 몇 시간이 지난 줄도 몰랐다.
코 훌쩍이며 놀러오던 너석이 뭣이라 같이 늙어가네.

맛좋은 오미자차 마시며 건강 정보 좀 듣고
바깥으로 나오니 막내가 '검둥개와 백구'랑 놀고 있다.
"얘네들이랑 뭐 했어?"
"닭가슴살 찢어 주고, 샤워시키고, 좀 가르치고..."
"어느 아이가 더 잘 알아듣니?"
"둘 다 징그럽게 말 안 들어..." 웃음이 난다.

저 멀리 바다와 포구, 고깃배들이 자그마하게 들어온다.
"백 병원은 공사 중이고 브랜드 아파트도 들어선대."
"그렇구나. 점점 살기 좋아지네..."

71. 기러기

2018년 7월 18일. 수.
맑다. 34도.

이 폭염이 금방 끝날 것 같지 않다.
비 소식도 들리지 않는다.
지구가 아프다는데 인간들은 서로 네 탓이라며 싸운다.
떠들면서 만들어 놓은 기후협약도 뒤집고 미루고 없앤다.
하나뿐인 '지구' 빌려 쓰는 주제에 주인 행세 하며
경고를 줘도 무시하고 적반하장, 도리가 없다.

"어느 날 데크에 가만히 앉아 먼 하늘을 보는데
기러기 떼가 북쪽으로 날아가더군요.
나도 그곳으로 가고 싶더라구요.
그들을 따라 북으로 오다 보니 알래스카 북극권까지..."
Last Alaskan에서 어느 분의 인터뷰다.
현재 7가구 있고 그들이 죽으면 자연에게 돌려준단다.

침엽수림 자작나무들이 허리를 꼿꼿이 세운 사이로
오두막이 보인다. 호박색의 불빛이 은은하다.
카메라는 어느 작은 집 안으로 들어간다.
장작 난로가 보이고 나무 침상과 반쪽짜리 거울.
부엌 창문에 걸린 체크무늬의 짧은 커튼.
아, 낡은 탁자 위의 때 묻은 주전자와 컵에서 울컥한다.

나도 숲이 보이는 부엌 창 앞에서 아침을 먹었었다.
시골 장에서 샀던 푸른빛 머그의 향기롭던 커피.
자작나무 대신 검츄리 숲이 저만큼 있었고
창밖의 꿀 담긴 그릇에선 온갖 새들이 피크닉을 즐겼다.
옆집 마가렛은 그 시간에 안드레아 보첼리를 들었던가...
열린 창문으로 들려오던 달콤한 소음들이 그립다.

참 많이 생각도 하고, 간절히 소망하며 살았다.
지금 데크는 아니라도 창 쪽에 앉아 멀리 하늘을 본다.
내 기러기 떼는 어디에 있지?
'Listen to that call.
you never know where it might take you'
(소명에 귀를 기울이자.
그것이 당신을 어디로 데려다 줄지 상상도 할 수 없다.)
네가 무엇을 생각하든 꿈꾸든 늘 신실함으로 살아라.
레베카 발로우 조던이 속삭인다.

72. 아카시아

오늘은 1907년 관측 이후 최고의 더위란다.
8월이 오면서 114년 만의 더위도 같이 데리고 왔다.

지난주에 윤숙이와 일주일 휴가 보내고 왔다.
광릉 숲 언저리에서 산림욕 하고 놀다가
진벌리 지나면서 찜질방에 들려 미역국도 먹었다.
신원리 냇가에선 발을 담근 채 복숭아를 먹는데
어머나, 개울 전체가 다래넝쿨에 열매가 지천이다.
광탄리에선 설렁탕 먹고 나오니 할머니가 찐 옥수수 사란다.
3개 2천원. 받아들고 평상에 앉아 있었다.
갑자기 그 동네에서 그렇게 살고 싶었다.
"저기 큰 나무 옆 마당 끄트머리 있지?
오두막 짓고 초록 창틀에 어닝을 달고 테이블엔..."
"그래, 내가 가서 설거지 해 줄게." 윤숙이가 거든다.
"아냐... 넌 저녁에 와서 노래 몇 개 부르면 돼..."
나는 그녀의 노래하는 분위기와 목소리가 참 좋다.
'정말 그랬으면 좋겠네...' 윤숙이가 흥얼거린다.

그제 용두리에서 아침이었나.
눈을 뜨니 고소한 냄새가 가득했다.

벌써 동생댁이 프렌치 토스트 만들고 있다.
창문을 활짝 열고 커피 어쩌구 식탁 정리 하려는데
윤숙이 동생이 헐레벌떡 들어섰다.
아... 탐스런 아카시아 꽃 한 다발 안고 웃는다.
"며칠 전 뒷산에서 봤는데 오늘 아침에 생각이 났어."
이 복날에 흰 색도 아닌 진헌 분홍이라니... 처음 본다.
엉덩이 넓은 유리병에 꽂아 식탁에 놓았는데
아침 먹는 내도록 가슴 뛰고 눈물 나더라.

다녀보면 천지에 널린 것들, 사람들로 많이 배운다.
나를 좀 털어내고 배운 것들 채워 넣어야겠다.
꼿꼿이 선 자갈밭의 옥수수는 그 태울 것 같은 더위에도
알짱대는 내게 싫은 척도 않더라.
품위 있는 삶이나 인내하는 것들에 대해 생각한다.

"언니. 이런 복날에는 밖에 다니지 말고 왕십리 CGV에서
조조보고 점심. 오케이?"
"엉.."
명순이의 밝은 목소리에 더위가 달아난다.

153

73. 믹스커피

2018년 8월 7일. 화.
입추. 맑다. 35도.

조금 전 4시에 살던 집을 세놓았다.
얼굴도 몸매도 너무 젊고 예쁜 사람이어서
순간 조금 놀라고 궁금하기도 했다.
"부엌이 너무 마음에 들어요."
그 말에 디스플레이 해 놓은 머그잔 몇 개 선물했다.

오늘, 가을이 온다는 날이었나.
덥기도 하고 머리 만지고 싶어서 미장원에 갔다.
오랜만에 본 탓인지 자꾸 힐끔 거린다.
"요즘 이 동네 사람들 많이 이사 갔어요."
습관인 듯 혼잣말처럼 하길래 넌지시 물어본다.
"여기 시작 한 지 오래 되었어요?"
10년 전 원장님 남편이 갑자기 돌아가셨고 인수했단다.

잠깐 뜸을 들이나 싶더니 이야기를 풀어간다.
그 분은 활기가 넘쳤고 병도 없었다고 했다.
장례식에서는 평소 좋아하던 담배와 믹스커피,
골프채가 영정 앞에 나란히 있었다고...
며칠 전에 본 사람이 그리 갈 줄은... 한숨을 뱉는다.
그녀의 끊기듯 말 듯한 얘기에 감정이입 지대루인데...

갑자기 믹스커피 먹겠냐고 한다.
"그럼요..." 믹스든 뭐든...

울 아버지는 모두가 프림 넣은 커피 즐기던 시절
맥스웰 인스턴트 커피 한 숟갈에 설탕 두 숟갈...
60년대의 우유빛 나는 파이렉스 골드 무늬 잔에
거의 반세기 동안 흔들의자에서 즐기셨다.
언제 대추차로 바뀌었더라.

강승월에서 오래간만에 황태구이 백반을 먹었다.
'커피 볶는 집' 앞으로 내려와선 버릇대로 서 있었다.
향기가 온 몸에 스며들고 뭔가 자꾸만 뭉클거린다.
작은 골목을 천천히 바라본다.
10년 전, 집을 사려고 왔던 날 이 골목 앞을 지났었다.
다시 이 동네로 돌아와 살게 되려나.
왠지 이곳은 나처럼 시골스러운 뭔가가 있다.

74. 베짱이

2018년 8월 14일. 화.
맑다. 36도.

26일 동안 지속되는 폭염에 모두 지쳐 있다.
구름 엉겨 붙은 저 우면산 근동도 얄미워 보인다.
더위를 어쩌겠는가.
당구 게임 보며 '쓰리 쿠션' 기능을 분석한다.
유럽 선수들... 독일, 네덜란드, 터키가 잘 하네.
모든 운동이 그렇듯 두뇌 게임에 심리적 압박이 크다.
그들의 절묘한 기술에 더위도 잠시 잊는다.

벤 포글의 〈오지에서 사는 삶〉 다큐도 흥미롭다.
영국인들의 〈자연인으로 산다〉이다.
오늘은 헝가리 시골에 3천 파운드로 이주한 부부 얘기다.
보헤미안 적인 삶이 공과금 내며 살던 런던보다 좋다고...
영국인들은 파이오니어 정신이 유전자에 있는 것 같다.
섬 바깥으로의 모험과 도전 그 이상의 무엇이다.

다른 얘기지만 소리 없는 젠틀함이 왜 이리 무섭냐.
범생이인 듯 살던 사람이 갑자기 인성을 바꿔 기함을 하고
조용한 아이를 한참 후에 가 보면 일 저지르는 중...
브렉시트 파장의 주역이라는 편견은 말고라도
보리스 존슨 총리의 헝클어진 머리는

괜히 〈톰 소여의 모험〉이 생각난다.

내 사춘기를 돌이켜 보면 엉뚱하고 별나기도 했다.
나는 틀에 얽매이는 모든 게 싫었다.
뭐라 하든 내 생각 안에 있으면 만사가 자유로웠다.
어느 날 학교에서 온 가징 통신란에 씨 있던
'이지적이고 개성적이다.' 대뜸 아버지는
'고집 세고 제멋대로'의 완곡한 표현이라고 했다.
"이지적은 주관이 있다는 거고,
개성적은 남과 생각이 다른 것 아닐까요?"
아니라고 했다. 자칫 방종으로 될 수 있다고 했다.
오빠들과 언니는 공부를 잘해 소위 일류 대학을 다녔다.
나는 공부는커녕 '삐꾸'로 기타 치며 '홍하의 골짜기'
쏘다니고 노래 부르는 베짱이였으니...

선생님 존함은 잊었지만 감사 했습니다.
두 단어가 준 용기를 한시도 잊은 적이 없습니다.

75. 스포츠

우울한가, 무기력한가.

더위도 웬만큼 시달려서 오늘도 다 그렇긴 해도

좋은 마음으로 일단 스포츠에 집중한다.

한여름을 대신하는 방법 중 내겐 최적인 것 같다.

LPGA 위민스 파이널, 연장전에서 박성현이 이겼다.

마지막 '한 구멍'으로 울고 웃는구나.

하긴 야구도 9회 말 투 아웃에서 뒤집히지 않던가.

당구 쓰리 쿠션, 한참을 지고 있던 선수가 한 이닝에서

하이런 15~16을 치면서 역전승하기도 한다.

스포츠에 관심 없다고?

자기 좋아하는 일에서 더위 쫓으면 된다.

나도 예전에 골프장 10번홀 언저리에 살았다.

혜택을 준다고 했지만 내키지 않아 필드에 나가지 않았다.

땡볕에서 룰을 지키고, 집중하며, 참고, 기다리고...

난, 나의 수준을 잘 안다.

운동신경, 체력, 안 되는 젬병에 인내심도 별로라는 걸.

기술은 몰라도 '룰'을 알면 좋아하는 선수도 생긴다.

더욱이 그 선수가 아이언으로 홀에 붙이면 짜릿하다.

장타도 승부욕도 좋으나 골프는 매너 게임이다.

현재 미국 여자 프로 골프에서 활약하는

제시카 코다, 카를로타 시간다, 이민지, 아리아 주타누간,

리디아 고, 스테이시 루이스, 브룩 헨더슨, 대니얼 강...

이들은 수준 높고 늘 한결 같다.

물론 한국 여자 선수들은 두말할 필요도 없다.

특히 박인비를 비롯, 한국 여자 골프는 세계 최강이다.

주위에 춤 좋아하는 사람이 있다.

매일 서너 곳을 다니며 추느라 낮밤이 가는지도 모른다.

종일 춤추면서 날아다니다가 집에 올 때쯤엔

허리, 다리... 아파 죽겠단다. 아프기도 하겠지.

한때는 돈에 목숨 걸고 살더니

나이 들어서는 일신을 춤에 올인하는구나.

아무튼 리듬에 맞춰 움직이는건 심신 건강에 도움이 된다.

특히 노년엔 여러모로 좋은 스포츠이긴 한데

괜히 '바람'처럼 들려 좀 거시기 하다.

76. 3천 원

긴 여름을 달래고 씻기듯 비가 내린다.

노만 빈센트 필 박사의 글을 찬찬히 읽었다.
두드려가며 발 디디는 게 실수를 줄이기도 하지만
내 애매한 행동력은 확실히 문제가 있다.
정작 해야 할 것과 아닌 것을 헷갈리는 아둔함도 있고
나이 들어가며 좁아지는 이해력에 화도 난다.

어제 오전에 필터를 갈아야 한다고 전화가 왔다.
"여기 상황판에 날짜 되었다고 떴는데요."
일단 3시에 약속을 했는데 5시 되어 전화가 오고…
도착 했다면서도 20분이나 지나서 나타났다.
세상에나… 검은 얼굴이 땀범벅이다.
"이쪽으로 오세요." 나는 부엌의 정수기를 가리켰다.
"화장실이 어디 에요?" 그가 쭈뼛댔다.
'비데 필터 바꿔야 하는데…' 그가 중얼댄다.
에그머니… 서로 다른 필터를 얘기 했었구나.

나는 이사 하면서 비데를 반납 했었다.
이분은 바꿀 날짜만 체크한 것이다.

조금 후 구부정하니 현관에서 신을 신는데
그냥 마음이 어찌나 애잔한지 모르겠다.
"잠깐만요, 차비 드릴게요." 그가 괜찮다고 한다.
지갑을 열고 보니 엥... 3천 원과 오만 원 한 장이 있다.
"어머나... 만 원짜리가 없네요. 죄송합니다."
그리곤 3천 원을 드리고 문을 닫았다.

막내가 오고 필터 얘기하는데 갑자기 눈물이 터졌다.
"세상에 내가 미쳤나봐. 참말로 내가 미쳤지."
그의 여위고 힘든 얼굴이 눈앞에 아른댄다.
밥이라도 넉넉히 먹게 '오만 원' 주면 되지...
'만 원 한 장'만 찾는 미련퉁이 얼간이가 어디에 있단 말인가.
내게 도와주라고 보내셨는데 세상에 이를 어쩌냐.
아이고... 어리석고 멍청한 내 눈엔 3천 원만 보이더냐...

나를 질타하듯 종일 비가 내린다.
정말 죄송했습니다. 건강 조심하시고
좋은 일과 사람들 꼭, 만나기를 기도합니다.

77. 지갑 분실

바람이 여름을 밀치고 들어온 아침.

저쪽 구름 점점이 떠 있는 어디쯤 8월이 손을 씻네.

모시수건은 없지만 조금 더 놀다가 가면 좋겠다.

옥기가 점심 대접한다고 해 그저께 올라갔고

또 여럿을 만나다 보니 5시가 넘었다.

마침 나오다가 옥기 딸과 귀여운 손자를 만나 수다도 떨었다.

백화점 앞에서 택시를 탔고 얼마쯤 갔나...

아저씨가 지하철역 앞에 세운다. 안 되겠단다. 왜요?

친구와 7시에 밥 먹기로 했는데 비도 내리고...

지갑을 꺼내며 몇 마디 실랑이를 하는데 그냥 가시란다.

짐과 가방을 챙겨 내렸고 차는 떠났다.

그런데 뭔가 허전해서 보니 지갑이 없다.

머릿속이 핑 돌더니 비 맞고 선 채 아득해졌다.

잠시 후 내린 곳을 샅샅이 뒤져도 없고

길턱에 부딪히며 손 짚은 곳은 까지고

간신히 에스컬레이터 잡고 내려가 의자에 앉자마자

아들에게 전화해 상황을 말하는데 눈물부터 쏟아졌다.

"지금 지하철 타고 갈게..."

"엄마, 지갑도 없는데 어떻게 지하철을 타..."
정신 차려야 한다며 조근조근 어떻게 할지 설명한다.

"카드 2개는 내가 분실신고 하면 되고
 엄마는 택시 콜 해서 법원 앞에 내리면 기다리고 있을게."
조금 후 택시를 탔고 아들이 전화해 확인한다.
목소리를 듣는 순간, 다시 훌쩍거린다.
"별일 아니에요. 연락 올 거에요."
눈치 챈 아저씨가 사탕을 준다. "감사합니다."

횡단보도 앞에 아들이 서 있었다.
아들이 기사분께 요금을 지불하고 내 짐을 받아든다.
손을 잡고 길을 건너 월남국수 가게로 들어가니
베트남과 4강 축구시합 중이라며 난리법석이다.
"엄마, 우선 뜨거운 국물 좀 마셔 봐..."
오래 전 이 아이 손을 잡고 그 먼 외국으로 떠났었는데
그 꼬마가 이젠 나를 케어하는구나.

78. 파란색

아... 구월의 하늘, 색깔, 바람에 내가 녹는다.

이렇게 매혹적인 날씨라니...

한 번씩 내다 볼 때마다 서늘한 아름다움에 기죽는다.

반대로 나는 지난밤 악몽에서 악- 하고 일어났었다.

꿈이었지만 눌리면서 숨이 찼다.

나를 제압하려 들던 시커먼 것이 무엇이었을까.

지갑 사건 이후 요 며칠 심리적으로 위축된 게 좀 있다.

누구 상관없이 따뜻한 말을 좀 해줬으면 좋겠다.

예전 한동네에 살던 아무개가 전화를 했다.

"ㅇ 박사 이제 문 닫았다며? 여기 애리조나야."

소문은 정말 시공을 초월한다.

"그 집 손자 대학 갔지? 어느 대학 갔냐?

문 닫으면 이제 뭐하냐? 근데 막내는 장가 안 가냐?"

관심은 고마운데 글쎄 좀 그렇다고 했다.

"얘, 늙으면 다 그렇게 된다."

"자긴 젊을 때도 그랬어..."

하늘은 저리 사랑스러운데 나는 어째 이러냐.

오늘 나를 표현한다면 어떤 색깔일까.

지난날엔 숲의 초록바람, 붉은 노을을 좋아했던가.

아, 블루를 어찌 내게서 빼 놓을 수 있겠는가.

그들 파랑은 슬픔이 덧날 때마다 신비롭게도 치료해 주었다.

인디고 블루, 딥 블루, 프러시안, 로열, 토파즈, 코발트...

지금도 파랑은 눈 시리다가 눈물 어린다.

방순이가 보내온 글에 고맙다고 했더니

"언니는 더블로 감사를 해야 해."

"알았어... 따따블로 감사하며 살게."

"언니, 옛날 우리 아들 돌잔치에 왔을 때가 잊히지 않아.

그때 입은 옷이며 정말 예쁘더라."

동여매어 놓은 것들이 풀어지며 기억을 헤집는다.

그 아들이 지금 몇 살쯤 되었나...

"어머나, 그런 걸 다 기억하는구나. 고맙다."

나쁜 일만 있으면 안 되지. 욕 나오지.

좋은 일만 있어도 안 되지. 교만은 더욱 안 되지.

79. 우리말

2018년 9월 5일. 수.
맑다. 28도.

라디오를 켜니 김동하의 여행기다.
유럽 6개국을 도보로 여행하며 만나는 것들,
낯선 장소들, 사람들과의 교감... 몇 회 들었는데
밝은 감수성에 재미와 진중함도 있는 글이다.

막내는 며칠 전 일본에서 지인들이 와서
춘천으로 닭갈비 여행 다녀왔고 근사한 파티도 했다.
이 좋은 계절에 아들을 보내주신 것 감사합니다.
녀석의 옷을 다림질 하는데 자꾸 코끝이 시큰거린다.

어제 고추 10근(22만원) 받고 돈을 부치지 못했다.
폰뱅킹 하려니 지갑에 있던 OTP 잃어 버렸고
은행가야 되는데 그동안 칩거한 것이다.
주민등록증도 만들어야 하는데...

길에 엎어진 김에 쉬어 간다고 했나?
물에 자빠진 김에 고동 잡고
밭에 고꾸라진 김에 김매면 되겠네.
내 말놀이에 내가 혼자 낄낄댄다.
질펀한 감성이 나를 흔들며 재밌다고 난리다.

다시 이것저것 마음 가는 대로 끄적이는데
의성어, 의태어들이 꼬리 물듯 줄줄이 나온다.
생각 나는 대로 떠오르는 대로 계속 써 내려간다.
두 페이지, 세 페이지도 넘어가려 하네.
예쁘고 재밌는 우리말이 이처럼 많은지 신기하다.

이번엔 알파벳을 슬그머니 가져와 본다.
S... 먹거리도 많고 골고루 있는 것 같다.
H... 쓰는 순간, 웃음 풀리며 온 근육이 편안해진다.
heaven, happy, help, home, hope, hug, hero,
holy, heart, honest, humble.. healing,

오후엔 그동안 읽다가 팽개쳐 둔 책들 정리 좀 하고.
제인 오스틴의 소설은 손쉬운 곳에 둔다.
이사하면서 많은 책들 없앤 게 아깝지만
맞아. 모파상의 단편과 콩트들도 찾아 읽어야겠다.
예전에 그의 페이소스 넘치는 이야기들을 좋아했었지.
150년 전으로 시간 여행을 떠나야겠다.

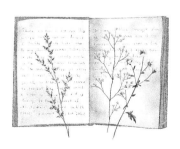

80. 대충 살기

한 주의 첫 날답게 차분하게 시작하려는데
뭔가 마음 한 켠에 쌓여 있는 것 같다.
정리되지 않은 것들이 한곳에 모여 있는 것 같고
거기에다 무슨 짐까지 들고 있는 꼴이...
급 좌절로 바뀌면서 초라한 늙은이가 마주 보인다.

나는 오른손잡이지만 왼손으로 하는 것도 많다.
몇 가지는 절대 왼손만 해야 되는 것도 있다.
'아직은 걱정하지마. 양쪽 다 쓰니까.'
미적대지 말고 똑바로 처신하고...
허투루 살아온 것 같아 속상하고 답답해진다.

사람이나 일에서나 대충 살아온 것 맞다.
상처 주고 받는 게 싫어 좋은 쪽만 보려 한 것도 많다.
예전에 아무개는 수시로 우리 집을 드나들었는데
내가 이사한 후 얼마 안 되어 간경화로 세상을 떠났다.
까무잡잡한 게 피부색인 줄 알았는데 병색이었다니...
피곤해 해도 남편 때문인 줄 알았지 아픈 줄은 정말 몰랐다.

주위를 돌아보니 전부 똑똑한 이들만 있다.

나보다 장점들 많고 능력들도 좋다.
세상 이치에 밝고, 인맥과 발 넓고, 순발력 좋고,
이재와 계산에 능하고, 처세술에 일가견 있는 이도...
나는 이쪽으로는 맞장구조차 엇박이니...

뚱뚱한 스투키 옆 흙이 볼록 볼록 솟아 있다.
한 달에 한 번만 물을 주라고 했다.
그건 아니지. 25일 만에 마음 켕겨서 주었다.
다음엔 20일 만에 그냥 달라는 듯 해 주었다.
그래도 물 덕분에 그나마 헤쳐 나온 듯 괜히 흐뭇하다.

구름은 어찌 저리도 풍성한지 손 뻗어 만지고 싶다.
겨울 준비 하라고 목화솜을 미리 놓아 둔 것 같다.
몇 솜 가져다 두고 싶은데... 윤숙이 전화가 온다.
"팔현리 찜질방 있잖아..."
"엉..."
"10월에 호수 보면서 미역국 먹자고 했잖아..."
"엉..."
그런데 지금 그곳에 불이 났다고 한다.
저번에 호숫가에 단풍 들면 다시 오자고 했었다.

81. 현수막

두터운 구름이 하늘을 덮었다.
오늘은 꽃들도 나도 풀이 죽었다.
앉아있는 이곳조차 낯설고 가슴이 저릿해온다.
이 일 저 일 가만있는 내게 참 많았다.
상도동 언덕 위 유치원 건물이 무너져 내리는 뉴스에
나도 같이 떨어져 깜짝 놀라 바로 앉는다.

에비앙 LPGA를 보기로 한다.
'파'도 하고 '보기'도 하며 구릉과 둔덕을 돈다.
빗방울이 후드득 창 옆으로 미끄러진다.
영화를 볼까, 어떤 영화가 좋을까.
그레타 가르보, 말론 브란도는 말년을 칩거로 끝냈던가.
아무 것도 아닌 나는 왜 이리 숨고 싶은 거지?

언젠가 들은 이야기가 생각난다.
솔직, 긍정에 인정도 있고... 그럴지도...
고집도 있고 에너지 넘치고... 그런 줄 알았는데...
동정호에 배 띄우고 세월 보내면 된다. 그러려고 했다.
그런데 나로 설명하면 세상일엔 제대로 어벙하고
관계는 젬병이고 인맥은 숙맥이다.

이 정도로 살아 남은 건 복 중에 큰 복이려니...

언제부턴가 법원 사거리에 현수막이 걸리기 시작했다.
9개쯤인가 싶더니 아파트 입구에 천막이 서고
흑백의 일그러진 얼굴엔 빨간 테이프로 X가 되어 있다.
무심코 지나도 놀라고 확성기도 뜬금없이 실러낸다.
"적폐 청산 ! 가짜 아무개는 이실직고 하라."

큰일에도 침착했고 웬만한 일도 개의치 않았다.
그가 하던 일 문 닫았으니 집 구하라고 난리 했었다.
아들과 의논해 이리로 왔고 다른 층에 살고 있다.
아들이 오르내리며 도와주고 있지만
한 번씩 어깃장 놓으면 뿌연 앙금이 올라오며 어지럽다.
정신 줄은 물론이고 이것저것 다 놓게 생겼다
거기에다 뭐 같은 현수막은 오갈 때마다 눈에 채인다.
아하. 그래서 이곳에 나를 이사 시켰구나.
하찮은 인물의 적나라한 바닥까지 보여주며
이젠, 다 잊으라 하시는구나.

82. 아베의 술수

태풍이 오키나와 쪽에서 북상 중이다.
일본을 관통하고 우리는 지나갈 거라는데 모르겠다.
일본은 올 여름 태풍으로 엄청 타격이 있었다.
또 지진 피해가 극심한데도 활화산인 아소산 근방
도카이 제2원전의 재가동을 승인했다고...
'안전제일'이라던 이전 행정과는 다른 양상이다.

일본은 영국과 미국에서 민주주의를 수입했지만
군국주의 잔재, 단체 순응의 국민성이 더해지며
현재의 반쪽짜리 일본 민주주의가 되었는데
일각에선 '내각 정치'일 뿐 아무 것도 아니란다.
여론의 향방이 미디어를 포함, 국민 모두 한 목소리다.
이것은 독재 정치에서나 가능한 이해 불가다.

3선의 아베는 무소불위의 권력을 행사 중이다.
세습 정치인으로 '권모술수' 외 딱히 평할 게 없다.
국민과 언론을 '들러리'로 적당히 일본 우월을 조작한다.
마땅한 대체인물도 없고 정치에 관심 없는 국민들은
그가 무엇을 하든 오케이. 옆집인 우리는 괜히 불안하다.
전쟁 가능국이 된다라...

평화 헌법이 무용지물 되기 일보 직전이다.

투표로 나라의 수장을 뽑는 것도 관심 없고
얼굴과 집안 좀 알면 좋은 게 좋다는 '예스'로 뽑고
(우리 어느 동네도 이와 비스무리 해서 놀랐지만)
의석수 많은 쪽에 총리 만들어 나눠먹고 시시덕거리디
잘못 되면 엄한 우리에게 트집 잡고 독도 한 번 들먹인다.
참으로 어이가 없어 꼬락서니 주시하는 중이다.
그의 단순 초등 성향이 어떻게 전개 될지.
세상은 4차 산업혁명, 디지털화로 급 진화 중인데
훈도시 차고 설치는 수준으로 계속 먹혀들지...

현재 그들이 미국의 최첨단 무기 로비에 공을 들이고
우주산업과 항공 관련 기술정보를 공유하는 쪽으로
큰 성과를 내는 것 같은데 두고 볼 일이다.
시대를 놓친 자민당의 국정 운영 수준과
국민 대다수가 4차 산업에 문외한인 현실에서
얇은 층의 엘리트만으로 언제까지 큰소리 낼지...

83. 용두리

2018년 10월 12일. 금.
맑다. 20도.

그제 아침, 느지막하게 양평으로 출발했다.
팔당을 지나 양수리에 오니 강물이 색깔을 들어낸다.
한참을 더 가서 광탄리 쪽으로 내려갔다.
윤숙이는 친구 제동이에게 전화해 밥 먹자고 한다.
비닐하우스가 8동인데 오늘 호박 한 차 실어 보낸단다.
"몸은 좀 어떠니? 바빠도 점심은 먹어야지."

제동이가 오고 내가 주문한 '특설렁탕'이 나왔다.
뭔 얘기냐고? 언젠가 윤숙이와 밥을 먹는데
옆 그릇엔 고기가 가득해서 자꾸만 눈이 갔다.
그쪽 분이 눈치 채고는 벽에 있는 '특 메뉴'를 가리켰다.
놀라는 내게 그분은 의기양양 웃었다.
제동이는 심장수술 후 담배를 끊으니 살만 찐다고 툴툴댄다.
"그래도 많이 먹어. 힘들게 일하는데."
우린 햇빛 좋은 마당에서 인사를 나누고 용두리로 갔다.

동생 내외는 고구마 밭에 있었다.
떠들면서 옷 갈아입고 고랑 사이로 마주 앉는다.
어머나... 가을 울타리 너머 고추가 주렁주렁이다.
우린 주거니 받거니 가을 볕 아래 도란도란 익어간다.

수줍게 누워있던 고구마들이 줄줄이 딸려 나오고
다음엔 줄기도 야무지게 떼어내기 시작한다.

저녁은 단월 근처에서 막국수를 먹었다.
"밤 운전은 안 돼..." 부부가 막무가내로 잡는다.
우린 귀뚜라미 소리 들으며 밤새 고스톱 하고 놀았다.
어제 아침 햇빛은 여전히 찬란했다.
올케는 벌써 된장찌개 끓여놓고 뒤 곁에 가 있었다.
아침인사로 그녀의 어깨를 살며시 안아 주었다.
간지럽히는 햇살 사이로 깻잎과 고추도 땄다.
"호박도 몇 개 가져가세요."
그냥 심어 놓으면 저절로 크는 놈이란다. 그냥 크긴...

동생이 불러서 가보니 대추나무 위에 올라가 있다.
장대로 치면 대추들이 마대 위로 우루루 떨어진다.
"어머나, 예쁘기도 해라... 여태 안 털었어?"
"누나들 주려고 기다렸지."
너스레를 떨며 한 번 더 힘껏 내려친다.
마당과 머리 위로 가을이 웃으며 쏟아진다.

84. 선택

여전히 좋은 날씨...
어떤 이는 전어와 새우를 먹으러 서해안으로 떠났고
오대산 계곡으로 단풍 보러 간 이도...
겨울 준비 하느라 돈 쓸 여력이 없다는 이도 있다.

아무개가 오더니 등산이 최고라며 산에 가자고 한다.
고지혈, 당뇨, 혈압, 골다공증, 허리 통증, 비타민 D...
우리 나이에는 필수 운동이란다.
"만병통치네. 근데 어떻게 내려 오냐..."
그이는 한심한 듯 나를 보고, 나는 내 무릎을 본다.
요즘은 '어떡하지?' 혼자 묻고 답해준다.

'살면서 올바른 선택을 한다는 건,
쉬지 않고 자신에게 물어 본다는 뜻...'
나는 알다시피 게으름뱅이이다.
일상적인 것들은 귀찮아 쉽게 넘어간다.
이 바쁜 세상에 좀 머뭇대고 대답 못하면
선택 문제 아닌 정신문제로 몰아가는 것도 보았다.
고백하건대 게을러서 손해 본 것보다 덕을 본 게 많다.
좋지도 않은 머리로 어쩌나 하면 저절로 해결되곤 했다.

나보다 월등한 사람들이 대부분인 사회에 감사하다.
그리고 나만의 능력을 이끌어 내도록
쉬지 않고 되물어준 나 자신에게도 고맙다.

어제 모임에서는 노후에 살 곳에 대한 얘기가 분분했다.
"요즘은 호텔 같은 실버 아파트가 대세라더라…"
누가 몇 백만 원의 관리비를 내며 대접 받고 산단다.
"나는 선룸에 앉아 마당을 보면서."
내 말이 끝나기 전에 우르르 달려들어 뭐라 그런다.
"노인들은 무조건 뜨신 아파트여…"
뭔 같잖은 소리 하냐고 난리도 아니다.

윤숙이가 며칠 전에 독감 예방주사 맞았단다.
"내과에서 3만 5천원 줬어…"
"엥? 뉴스에선 65세 이상 공짜라는데?"
"그건 3가이고, 나는 4가 맞았어."
뭔지 모르지만 예방주사도 선택사항인가보다.

85. 금·은·동

기숙이가 시골 친정에서 온 과일들을 주고 싶다고 해
오전에 청계산 근처에 있는 마을로 갔다.
국화도 한창이고 온 동네가 향긋하고 곱다.
"어제 부여에서 온 거여..."
"좋겠다... 친정이 시골이어서."
무던한 그녀와 시골 살이 수다 좀 떨고 오는데
가본 일 없는 백마강이 자꾸만 눈앞으로 흘러간다.
좀 전에 본 동네도 겹쳐서 '나의 살던 고향은...'
노래 끝에 울먹하고 말았다.

하루가 저물면서 빛나던 것들 다 제 집으로 갔다.
우두커니 앉았는데 자꾸만 뒤를 돌아보게 된다.
어린 날 마당에서 놀고 있으면
해 들어갔다고 부르던 엄마 목소리도 그립다.
으슥한 저녁 기운만 창 쪽에서 기웃댄다.
노을도 일몰도 느리게 떠나는 이유가 있을 테고
내 게으름도 세상에 맞춰 움직인다고 주접 떨었건만...

요즘에사 보니 아니더라.
하 빠른 세월... 우리들의 시간은 그렇게 떠나버렸다.

이걸 봐도 서럽고 저걸 봐도 짠하더라.

그래도 옆에서들 세상 일 농담하며 웃는다.

밥 세 끼 걱정 없고 속 썩이는 자식 없으면 '금'.

영감 없고 쓸 돈 있으면 '은'. 그런데 '동'이 찐이란다.

자동이체로 용돈 주는 자식만 있고 달라는 자식 없는거.

한 쪽으로 늘으며 이 쪽을 바라본다.

스트레스 없으면 금. 혼자 살아가는 지금은 황금.

이젠 저녁 차려놓고 부르던 엄마 떠난 지도 오래되었다.

내가 놀던 개천은 오래 전 복개 되었다고 들었다.

지금 나이가 몇인데 그렇게 추억 놀음 하냐고?

넌 그렇게 살아지더냐...

난 무언가 저리게 슬퍼서 힘들 때 있거든...

그런 날엔 느티나무 있는 언덕으로 올라간다.

그곳에 걸터앉아 가본 일 없는 동구 밖을 상상해 본다.

해질 녁의 노을 같던 목소리.

김현식의 언제나 그대 내 곁에... 꿈 같이 듣는다.

86. 한국인

며칠 전 상강이라고 했다.

요즘 모기는 입도 적당히 비틀다가 다시 와서 물더라.

아직은 적당한 기온. 가을빛의 구애는 열렬하다.

커튼을 여니 기다리던 햇살이 냉큼 들어온다.

학교 운동장 쪽에서 아이들의 함성이 들려온다.

아, 한국인에 대해 말하고 싶다.

우리는 거대한 대륙을 가지지 못했고 그에 맞는 인구도 없다.

허나 최고수준의 머리와 끈기로 이 땅을 일구어 왔다.

한국인의 '기' 는 축약하기엔 너무 많은 걸 품고 있다.

반도의 험한 산맥과 골짜기를 타고 내려온

맑은 정기는 곧고 강하고 빠르고 집약적이다.

누가 비집고 들어와 어쩌고 할 여지를 주지 않는다.

만일 온 국민이 싱가포르나 홍콩처럼 영어가 공용어였다면

모르긴 해도 국가의 위치가 좀 달라졌으려나.

세계의 사건 사고 가운데 한국인들이 있다 치자.

세계의 그들이 전문가 불러 회의, 기획 짜는 동안

벌써 우리는 움직이며 전체 파악을 끝낸다.

본능적으로 순발력, 정신력, 협동력을 바탕에 두고

각자의 전문 능력대로 위치를 분담한다.
역량을 동시에 작동시키는 일머리 버튼은 최고이다.
선진국들의 발자취 따라 이 정도 흉내 낸다고? 넌센스...
전쟁 후 맨발로 온 우리에게 할 소리는 아니지...
물론 스위츠랜드, 이스라엘도 대단한 것 안다.

이제 그들을 뛰어넘을 수 있는 '성격'도 얘기하자.
서구의 에고이즘에 반해 '정'을 가진 우리는
이미 오대양 육대주에 어필 되고 있다.
각박한 세계의 이해 다툼에 이것은 보석보다 귀하다.
또한 시민의식, 공공기관의 대처능력, 치안을 비롯해
세계 어디에도 없는 오지랖 정신은 주목 받는 중이다.

'한국을 소개하는 전략', 새로운 판을 짜야 한다.
역사, 문화, 사람, 언어... 모든 것이 자산이 되도록,
세계의 리더로 향한 자격도 착실히 쌓아가고 있다.
아시아 최고의 민주주의를 이루어 냈고
우리의 경제력과 혁신은 현재도 고공 진행형 아닌가.

87. 결혼

아침에 꿈을 꾸다가 깼다.
나와 결혼하고 싶다는 남자가 있단다. 이 무슨...
"키 크고 좋은 직장에 집안 좋고..."
"나는 잘난 사람과는 결혼 안 해요."
함께 있고 싶은 사람과 결혼하는 거라고 쌩- 하고 왔다.

배우 신성일이 어제 새벽 세상을 떠났다.
그는 60년대에 온통 극장 포스터를 덮었던 사람이다.
이 거칠고 배우지 못한 청춘은 술 먹고 주먹질 하다가...
부잣집 딸과의 만남... 해피엔딩이 되는 반복이다.
많은 젊은이들이 그의 스타일과 행운을 대리만족했다.
한시대의 풍운아... 그가 떠났음에 심심한 애도를 보낸다.

모두 꼬깃한 인생 승차권 들고 병원도 여행도 다닌다.
여자가 오래 사는 건 독해서라고?
여자는 사랑이 전부이지만
남자는 '야망과 욕망' 때문이라고 말해준다.
영화 〈Maudie〉(내 사랑)의 그녀가 생각난다.
그녀는 살아야 해서 함께 살 수밖에 없어서 산다.
그녀의 헌신과 사랑이 어찌나 애달픈지 속이 아팠다.

'Dear darling..' 눈보라 속으로 신음처럼 들려오고
그녀의 사랑스러운 얼굴은 창문에서 웃는데.
잘 참아온 나는 아이처럼 소리 내어 울었다.

늘 혼자였던 게 결혼이었나...
혼자 아이 낳고, 혼자 퇴원하고...
함께 그 흔한 커피, 영화 한 편 본적도 없구나.
10월에 은근하게 물었다.
"가을 산에 단풍 보러 가요."
"나는 그런데 안 간다."
11월이 왔다. "내 생일인데... 우리 맛있는 것도 먹고..."
"생일? 그런 건 며느리 본 다음에 해달라고 해."
12월이 왔다. "결혼기념일인데 뭘 할까요?..."
"그런 게 뭔 필요가 있어? 쓸데없이."
"필요 없는 결혼했네... 우리가 쓸데없이 사는 거네."

석달이 넘도록 아는 체도 않던 그가 어느 날 득달같이 왔다.
"큰일 났다! 우리 엄마 팔 부러졌어."
미친... 큰일이 뭔지 모르는구나.

88. 모지리

언제 11월이 이처럼 빛나고 화려했던가.
그 햇살의 애교 하며 아지랑이 가득한 초봄 같다.

'내가 느끼는 것과 할 수 있는 것 사이의 철벽...'
고흐의 편지를 읽으며 그의 고뇌를 짐작도 못하지만
하고 싶은 일과 할 수 있는 것 사이의 거대한 간극이라니...
누구나 자신만의 크고 작은 감각을 갖고 있다.
나도 내 느낌대로 어느 정도 할 수 있는 자신감이 있었고
이성적으로 묻고 대답하며 완성해가는 게 즐거웠다.

결혼 후 그 집에 혼자 남겨진 내게 그들이 수근거렸다.
'며느리 주제 파악 안 되고 천지도 모르는...'
몰랐다. 그 집 며느리로 사는 도리가 열 가지가 넘으며
나는 결혼을 했는데 그들은 시중들 사람을 원했다는 것을...
혼돈스러운 수직 상하 관계들이 생기고
나의 모든 일상이 통제 받으면서 충격이 왔다.
내 생각과 현실 사이의 핑퐁게임에 혼이 나갔다고 할까.
그들에 의하면 한마디로 나는 모지리였다.

언젠가 지인인 타치바나상이 일본에서 방문했다.

늘 대접 받는 입장이어서 서울에 오면 내가 모든 걸 챙겼다.

뮤지컬은 물론 맛집과 고궁도 다녔다.

근처에 사는 인척이 언젠가부터 픽업 등을 도왔는데

그날도 식사한 뒤 당연히 내가 계산했고

다음날 예정 되어 있는 연주회 얘기도 할 겸 해서

일행과 함께 Tea 전문섬으로 올라샀다.

"콘서트는 내일 몇 시지?" 일정을 맞춰야 했다.

인척이 우물대며 나를 쳐다보았다. 말하려고 했단다.

표를 구하기는 했는데 한 장이 모자란단다.

그리고 다음날 일정은 다 되어 있다고 했다.

내가 결혼해 그 집에 가니, 그는 초등 1학년이었나...

어찌 그들은 삼대가 그리도 같은 행동을 하냐.

그래도 어릴 때의 예쁜 정이 있어 그리도 마음 주었건만...

잘 나고 머리 좋은 그들의 셈법은 여전하구나.

나는 여전히 덜떨어진 모지리구나.

89. 오이지

2018년 12월 27일. 목.

햇빛 그윽한 날. 영하12도

크든 작든 실마리는 있을 테니
나이 괘념치 말고 눈치껏 사는 게 새해 희망이다.
요즘 정치는 드라마틱해 뉴스 놓치면 '세상사 문맹'이고
700만을 넘긴 〈보헤미안...〉 안 보면 대화에 못 끼인다.
원수 같던 국가 간의 문제도 어느 날 해결되고
폭락했던 미국 증시는 트럼프의 한마디에 폭등한다.

어젠 송이, 명이, 순이와 오랜만에 점심 먹었다.
송이가 밥값을 내겠다고 나선다. 왜?
"내가 만나자고 전화 했잖아요."
"안 돼... 연락한 사람이 쏜다면 누가 연락하겠니?"

"오이지 아세요?" 송이가 운을 뗀다.
"오만하고 이기적이고 지랄 맞대요. 내가 그 O형이에요."
그러자 얼른 순이가 받는다. "AB형은?"
"O형 플러스 쬐끔 더 까다롭나?" 내 말에 모두 웃는다.
어라... 나만 대책 없는 A다. 다른 A는 모르겠고
혼자 놀고, 먹고, 울고... 나는 혼족이 확실하다.
순이는 앞서 가고 조용하던 명이가 혼잣말을 한다.
'나도 AB지만, 저 AB는 정말 재수 없어...'

딸꾹질이 나왔다. 정말 잘 살아야겠다.

내 주위엔 오이지 많았다.
언니는 화가이다. 오이지를 깔고 얹었나.
오이지의 끝판왕... 저쪽 층에 사는 누구도 있다.
여기에 더해 무심, 무정, 무감, 무상... 다 소유했다.
아... 무례도 있었구나. 그 집 전체가 갖고 있던 유전자였지.

사람 좋은 얼굴로 안 가진 척하면 안 되지.
그 좋은 머리로 인격 만들어 행세하니 몰랐었다.
우리 부모님 살아생전 말씀 없었지만 나는 안다.
밥 한 번 사 드린 적 없지?
딱 한 번 감기로 방문한 울 아버지.
그 쌓아놓은 링거 한 병 놔 드리지 않았다며?

해가 바뀐다고 하니 오래 전에 버린 연줄을 흔들며
다 낡은 그걸 자꾸 잡으라고 한다.
미쳤냐? 그걸 잡게...

90. 그대 늙지 말아요

지난밤엔 보신각 종소리도 들었고
예술의전당 언저리에 터지는 불꽃놀이도 구경했다.
아침엔 아들 며느리와 새해 인사를 주고받았다.
준이와 요즘의 일상을 나누는데 불쑥 말한다.
"할머니, 근데... 조금 엠티해요..."
"나도 그래... 조금씩 채워가는 게 인생인 것 같아
무얼 어떻게 채우나... 나도 매일 고민하거든."
마치 내 문제를 의논하듯 말이 나왔다.
"그래요? 할머닌 참 스마트한 것 같아요."

여럿에게서 새해 인사를 받았다.
게으른 나는 몇 자 답글로 고맙다는 말만 되풀이한다.
윤숙이는 새해 오는 게 나이 먹는 거밖에 없단다.
"그래서... 올해 계획은 뭐 있어?"
"없어... 늙은이에게 앞날을 물으면 어떡하니?"
"지난주엔 뭐 했어?"
딸네 식구들과 식사도 하고 아들네랑 교회에 갔단다.
농협에 일 보러 갔다가 달력 줘서 받아 왔는데
다른 이들은 일부러 가서도 못 받았단다.
"자긴 이뻐서 줬나 보다..." 내 말에 까르르 한다.

"수영장에서도 다들 소녀 같다고 해..."
좀 전의 노인네는 없고 나긋한 공주와 대화중이다.

작년엔 남 탓과 감기타령하며 시간을 허비했다.
하나님께서 올 새해 아침 내게 엄하게 말씀하신다.
'내가 너를 신댁하고, 충만케 해 주었고
어려움에서 보호해 주었음에도 너는...'
'너무 많이 누렸음에도 베풀지 못해서 죄송합니다.'
특히 내 편협한 시각으로 주위에 도움 되지 못했고
용서하는 것에도 인색하고 옹졸한 한 해였다.
한 것이 없으니 늙는 것도 좀 늦춰지면 안 되려나.
눈치 없는 내가 새해 앞에서 어리광을 피운다.
얼른, 모두에게 '새해 인사' 드린다.
"그대... 늙지 말아요."

91. 누렁이

아침에 라디오를 켜니 시 한 편이 나왔다.
'우리 순이 만나면...'
시인이 반려견 엉이와 산책을 하는데
맞은편에서 술 취한 아저씨가 오더니 엉이 앞에 앉아
"우리 순이 만나면 잘 놀아라..."
엉겁결에 시인이 "네..." 하고 대답한다.
"그럴게요..." 이번엔 내가 대답을 한다.
나는 강아지를 키우지 않는다. 품에 안아 본 일도 없다.
그럼에도 시인과 엉이를 안아주고 싶다.

언젠가 모임에서 아무개가 '방생' 다녀온 얘길 했다.
잘 모르는 나는 과정과 의식에 귀를 쫑긋하고 들었다.
자기는 〈동물 농장〉이 최애 프로그램이라고도 했다.
그 다음날인가 집근처의 식당 앞을 지나려니
그녀가 수조 속의 고기를 보며 주인과 얘기하고 있었다.
이건 회 뜨고, 요건 매운탕 끓이고, 저건 굽고...
가족끼리 횟집 파티 하는 모양이었다.

저번 날 몇몇이 모여 커피 한다고 해 들렀더니
그녀가 웬 강아지를 자켓 안에 품고 있었다.

"옆 손님 강아진데 너무 귀엽지 않니?"

귀엽고말고... 주먹만 한 게 말티푸라고 했나...

끝나고 나오는데 그녀가 우리 집 근방에 일이 있단다.

얘기 나누며 모퉁이를 돌아서자

어린 누렁이가 줄이 당겨져 가게 앞에 앉아 있었다.

그녀는 내 팔을 끌면서 개의 종류에 내해 어쩌구...

우리 조상들 시대로 거슬러가서 저쩌구...

결론은 먹는 개는 따로 있다며 누렁이 쪽을 힐끔거렸다.

"내 말 잘 들어... 우리 인간도 사회적 동물인 거 알지?"

그녀가 뜨악한 얼굴로 나를 봤다.

"세상엔 세 종류의 인간이 있어. 백인, 흑인, 황인."

난 표정 없이 그녀를 봤다. 입술이 조여 왔다.

"백인이 황인을 죽였어. 쟤네는 우리와 다른 종류니까..."

그녀가 눈과 입을 씰룩거렸다.

"네가 뭔데 함부로 편 가르고 죽이고 살리니?"

내가 너무 나갔나.

돌아 서는데 주책맞은 눈물은 왜 그리도 나오는지...

92. 윷놀이

2019년 1월 14일. 월.
미세먼지 최악. 영하 3도.

하늘이 안 보이고 동네 전체가 웅크렸다.
베이징을 덮은 스모그가 한국에 고스란히 왔다고 할까.
나는 몸살 비슷하게 불쾌감 있고 몸이 무겁다.
유럽 어딘가는 3미터의 눈에 도로가 막히고
전기도 끊기면서 24명이나 죽었단다.
지난 몇 년 동안 기상 변화는 예측할 수 없을 정도이다.
작년 여름에도 유럽은 덥고 건조해 사막 같다고 했었나.
미국도 중서부를 비롯한 곳곳이 눈폭풍으로
공항과 철도가 마비되고 정전과 고립으로 심각하다.

오래전 아들 친구 상욱이가 우리 집에 놀러 왔었다.
그즈음 내 흥밋거리는 윷놀이였는데
아이들은 서로 바쁘다며 미루다가...
일주일에 한 번씩 순번을 정해서 하기로 약속했다.
막내는 할 때마다 내게 다짐을 받았다.
"삼, 세, 판, 오케이?"
"콜."
누구는 알 것이다. 그게 세 판으로 끝나던가.

상욱이는 후다닥 아침을 먹고 구경하러 다녔다.

나는 저녁과 간식 정도를 만들어 주었다.

며칠 후 아침을 먹으며 녀석이 저녁 버스로 간다고 했다.

그동안 고마웠노라고 인사하는데 내가 말했다.

"우리 윷 할까...?" 아이들이 키득거렸다.

"윷놀이 세 판 어때?"

녀석은 뭐라고 꾸물대다가 그러자고 했나.

아까도 말했지만 그게 딱 그렇게 끝나게 되던가.

'말' 쓰는 것과 박달나무 윷을 던지는 나의 현란함은

세 판을 내리 이겼으니...

녀석은 얼굴이 상기되어 한 판 더 하자고 했다.

결국 다섯 판까지 하게 되었다.

마지막으로 내가 이기자 그는 거의 울상이 되었다.

"오늘 할 일이 많았는데... 비천무(만화) 마저 봐야 했는데..."

그게 내가 이기려고 한 거 절대 아니었다.

그냥 윷가락 던지고 말 판에 놓는 게 재미나서리,,.

그래도 나잇살 먹고 내가 실수한 거는 맞다.

93. 기다릴게

온몸이 물 먹은 솜처럼 무겁다.
천천히 스트레칭 하며 숨을 몰아 한숨처럼 뱉어본다.
이어서 깊게 두어 번 심호흡을 했다.
진통 올 때 했던 것처럼 복식호흡도 몇 번 한다.

이런 날엔 맛있는 것 먹고 노래 듣는다.
나를 다독인 노래, 쥐어박은 노래... 참 많다.
언젠가 갑상선 이상으로 무기력하게 있을 때였다.
포지션의 〈아이 러브 유〉라고 했던가.
시작 하자마자 뭔가가 붕- 하고 구름 쪽으로 데려갔다.
뭐지? 다 잘 될 거라면서 나를 무등 태우고 갔다.
풀밭 지나고 산등성이로 가는데 눈물이 났다.
때론 생각지도 않은 곳에서 엄청 위로 받는구나.

지금도 생생한 89년... 도시의 동쪽으로 이사했고
고즈넉한 동네에서 막 짐을 정리했는데
갑자기 수백 마리의 나방들이 며칠 간 집 전체를 덮었다.
그 일을 계기로 한동안 온몸이 부들거렸다.
그즈음 〈The great pretender〉를 처음 들었다.
Pretending that I'm doing well... 눈물이 쏟아졌다.

목소리만으로 이렇게 오감을 만져주다니.
이리 알게 된 프레디 머큐리를 어찌 사랑 않겠는가.

누구나 다른 이유로 좋아하는 노래들이 있다.
리듬에서 혼이 가출하는 자유로움에 빠지고
멜로디에서 숨겨 있던 감정 선을 건드려 쩔쩔매고
가사에서는 자신의 얘기 듣는다 하더라.
아... 그해 연말이었나... 비 오던 저녁도 잊을 수 없다.
가로등이 켜지기 시작한 거리를 지나던 때,
I'll be right here waiting for you...
골목에 차를 세우고 빗속에서 한참을 있었었다.
막막하고 외로운 건 시간과 사람, 떠났음이 아니다.
꿈이 없음이, 설레임이 없음이,
하고 싶고, 보고 싶은 것들 없음이 절망 아니던가.
지금도 비 내리면 그 도시의 불빛과 와이퍼 사이로
언뜻언뜻 오던 당신을 기다린다.

94. 잘 일어나기

어제 아침, 10시쯤 왕십리역에 내렸다.
새로 등록한 가죽공방이 근처에 있다고 해
광장에서 길을 살피는데 '평화의 소녀상'이 보였다.
그저께인가 김복동 할머니가 93세로 돌아가셨다.
나는 그분의 기품 있고 당당한 태도가 좋았다.
그동안 암 투병 중이었다는데 전혀 몰랐다.
소녀상 앞으로 가서 한참을 바라보았다.
'잘 계시죠? 그곳에서들 평안히 계세요...
이 세상 것들 다 부질없어요.'

'자빠지는 것만 생각 했지 일어나는 게 중요한지 몰랐다.'
이 글을 읽으니 나도 넘어진 것만 속상해한 적 많다.
일도 인간도 용서가 되지 않아 자신을 볶은 일도 있다.
지금도 어떤 일엔 재빨리 일어나지 않는다.
세상에선 우릴 넘어뜨리는 일이 한두 가지인가.
어릴 때부터 비교 당하고 다그치고
교육이란 것도 학문 다르고 능력 다르더만...
사회에 나오면 인격을 건너 뛴 '돈'이 행세하더만...

자꾸 지났으니 털고 가자는데

바뀐 건 날짜일 뿐 사실 어제의 진행형 아닌가.
물론 시간을 가지는 것도 방법이긴 하다.
그리고 계층 간의 문제 역시 해와 달이 가도 어쩔 수 없는
자본주의 사회 구조 라는 것도 알겠다.
남의 흉내 아닌 우리만의 적합한 방식을 찾으면 된다.
내 말은 덜 억울하고 덜 아픈 사회를 위해
더 가진 우리가 조금씩 내려놓는 거다.

저쪽 몇몇 기관의 갑질과 권력도 좀 내려놓고
중심추 같은 판단, 정책, 정치 부탁한다.
지들끼리 선 긋고 누가 얼쩡대면 가차 없다는데
'사회정의' 차원에서 소수의 희생은 불가피하다나 뭐라나...
그 희생이 돈 없고 말빨 없는 다수가 되니 불편한 것이다.
끼리끼리 나누며 감싸고 뚜껑 닫는 거 아는데
일말의 도덕, 책임, 정의마저 함께 닫힐까 염려된다.

인생의 가장 큰 영광은 절대 넘어지지 않는 것이 아니라
넘어질 때마다 일어나는 것이다. -넬슨 만델라

95. 한국 흥해라

2월 왔고 오늘부터 구정 휴가 시작되었다.
TV에서 스리랑카를 보는데
그 좋은 날씨며 바다와 산 그리고 홍차 밭까지...
왜 가난을 못 벗어나는지 도무지 안타깝다.
겨우살이 걱정 없고 풍부한 자원, 돈독한 불심도 있는데
아무래도 정치를 의심 할 수밖에 없다.

위정자들 때문에 국민들 특히 서민들이 고통스럽다.
그리스의 부패 정치인들과 결탁된 금융, 건설, 연금사기...
베네수엘라 사태는 설명도 안 되는 목불인견이다.
어떻게 정치하면 휴지 한 개 사는데 돈뭉치가 필요하냐.
마두로의 콧수염을 확 뽑아 버리고 싶다.

역사에서의 흥망성쇠가 오늘이라고 다르겠냐.
어쨌거나 우선은 경제와 군사력, 소프트파워가 필수다.
이것이 현재 선진국 혹은 강대국의 정의가 될랑가.
국가정책 점검, 국가안보 강화, 외교통상 수준 높이고...
무엇보다 최첨단 산업과 그에 따른 중소기업 좀 살리자.
일단 쓴소리하며 대기업 좀 밀어 주고
세계 일등 만들어 놓은 뒤 우리끼리 조정해 나가자.

지금 한국은 '정'으로 메마른 세계를 적시고 있다.
경제력 발판으로 '정과 의리' 나눠줄 수 있음에 감사하다.
우린 그동안 준비된 수천 년 문화의 후손 아닌가.
사람들은 빵이 해결되면 다른 무언가에 대한 갈망도 크다.
e-스포츠, 웹툰, k-팝, 영화, 한식, 인터넷, 사회 인프라...
우리의 매력적인 사회 문화적 유산은 무궁무진하다.
시대의 요구에 부응한 우리의 것이 세계를 흥분시키고 있다.

자꾸 베네수엘라와 견주면서 겁주는 매체들 있는데
무엇 때문에 네가티브 언행으로 기죽이는가.
무슨 이유와 근거로 뒷머리 잡아당기는지 당최 모르겠다.
오히려 국민을 분열시키며 뒷걸음치게 한다.
그 에너지를 '사회적 화합'으로 쓰면 세계를 헤엄치겠구만...
대한민국, 크게 비상해서 세계가 놀라는 상상해 본다.
토끼도 거북이도 우리 안에 다 있다는 거 알랑가...

96. 구정 연휴

구정 연휴가 끝났다.
'분홍 바지'도 법원 앞에 다시 구호 적힌 천을 펼친다.
여름과 겨울 지나면서까지 그가 호소하는 건 무얼까.

구정에 큰 아들과 얘기 나누는데
사는 곳에 홍수가 나서 로스 리버가 범람했단다.
다행히 아들네는 강보다 지대가 높고 약간 떨어져 있다.
"회사 가는 중간쯤이 물에 잠겨 하루 쉬었어요."
아들 집 근처에 서 있던 팻말 'Ross river 1.5 키로'...
우리 이웃이며 솜씨 좋던 '던 로스' 씨가 생각난다.
그는 학교 선생님으로 크고 작은 문제를 도와주었고
나는 그에게 한글 가르쳐 주었었다.
나를 통해 본 한국을 좋아했으니 실수는 안한 것 같다.

'팀 민친'의 강의에서
(지저스 크라이스트에서 유다 역을 한 뮤지션)
너무 크고 멀고 한 마디로 허황된 꿈을 좇지 말란다.
그 꿈 때문에 현재의 좋은 것들을 놓치게 되고
그것을 이룰 때쯤에는 죽는다는 것...
카르페 디엠이 떠오른다.

우리 속담에 '개같이 벌어 정승처럼 쓴다'는 말이 있다.
그 말을 명언처럼 하는 사람을 보고 놀란 적 있다.
'개같이 안 벌고 정승처럼 안 산다.'
나의 성향은 그런 극과 극 체험도 싫어하지만
어느 쪽에 치우치는 삶은 말이 안 된다.
나는 평화주의자이고, 중도이며, 세상을 사랑한다.
내가 무사안일하게 살아와서 뭘 모른다고 디스한다.
이제껏 돈만 좇아온 그가 '위대한 발자취'인 양 떠든다.
어떻게 남의 '삶'에 말을 하는가.
누구나 자신만의 족적은 있다.

내가 그 곳에 살 때 면접관이 말하는 걸 들은 적 있다.
"그래서, 경험이 있어요?"
인터뷰하러 온 사람의 나이, 성별은 관계없다.
이력서에 '학력'을 써봤자 그가 보는 건 일의 '경력'이다.
공사판 승강기의 단추만 10년 눌러도 대단한 경험자이다.
본인이 무슨 '위치'까지 있었다고 어필하지만
면접관은 경험자의 꿰뚫는 전문성으로 판단하더라.

97. 살아야 할 이유

BBC Earth. 사이먼 리브의 지중해 여행을 본다.

리비아는 여전히 혼돈이었고 튀니지는 그나마

북아프리카 중 조금 안정적이었다.

그 아름다운 지중해를 보며 왜 피터지게 싸움질 하냐.

그 와중에 사람들은 결혼을 한다.

한 남자는 폐허에 결혼식을 위한 새 건물을 짓고 있다.

하객이 500명 정도 먹고 춤출 수 있단다.

그렇게 축하해줘 놓고 왜 여자에게 함부로 하는지...

이슬람에서의 결혼은 여자에게 어떤 시작일까.

갑자기 마음속 어딘가가 미세하게 떨린다.

언젠가 ○○씨가 아들의 유럽 배낭여행 중 연락이 안 돼

그 며칠 동안 온 몸의 살갗이 아팠다고 했다.

얼마나 애를 쓰고 초조했는지 느껴지더라.

나도 언젠가 스트레스로 가슴 조이고 아프더니

혀가 말리며 가슴에 열꽃이 돋기 시작하더라.

온갖 불합리한 일들을 감내하다 보니

쿵 하며 내려앉고 머리카락 빠지며 지치더라.

인간의 비정함이 뼛속까지 파고들어

살아갈 힘이 무너져 내리더라.

정말 다 놓아 버리고 싶었다.

다행히 큰 오빠와 많은 얘기를 했고 힘이 되었다.

6·25 때 아버지는 군 장교로 입대했고

솜씨 좋던 엄마와 큰언니는 본정 통(충무로)에서

싱거 미싱으로 적삼이나 몸뻬 바지를 만들어 펼었다.

집에 남은 나를 큰오빠가 돌봐 주었는데

용산 해방촌 일대에 쌕쌕이가 오면 방공호에 숨어야 했다.

어느 날 큰오빠는 나를 못 찾고 헤매다가 굴속에 가니

땟국물 진 얼굴의 내가 눈을 반짝이며 있더라고...

양 손에 고무신 움켜쥐고 살겠다고 숨은 다섯 살...

나는 한참을 엉엉 울었다.

큰오빠는 내가 가진 많은 장점에 대해

긍지(자신의 능력을 믿고 가지는 당당함)를 얘기했다.

그리고 내 현재의 상황보다 더 넓은 세상을 보길 원했다.

그랬다. 내가 살아야 할 이유도 많았지만

결혼을 끝내야 하는 이유는 더 많았다.

98. 복 있는 사람

오늘은 안온한 주말이다.
식물들에게 물을 주고 옆에서 책 몇 페이지 읽었다.
목요일에 주문했던 베지터블 코지 가죽이 도착했다.
냄새는 뭐하지만 색감은 어쩜 이리도 좋으냐.

어제 오후엔 눈보라가 엄청나서 흡사 영화 속 같았다.
온 도시가 어둡고 무시무시한 바람과 눈이라니.
나도 〈베어 그릴스〉 야생 다큐를 보며 숨죽이고 있었다.
저번에 오바마 대통령과 하는 체험도 보았는데
이번엔 테니스 선수 로저 페더러와 고향 스위스에 갔네.
개인적으로 라파엘 나달을 좋아하지만
지금은 페더러를 지지한다. 스타는 역시 스타구나.

"막내야... 윷 세판 할까."
체부장엔 4만 9천원이나 받을 게 있다.
녀석은 외상 값, 다 깔 자신 있다고 기세 등등이다.
이를 테면 녀석의 말 중 남은 한 개만 마지막에 놓여 있다.
이제 한 번만 던지면 무엇이 나오든 완승이다.
"엄마... 그냥 계산하고 끝내지..."
야구의 9회말 공격 같은 내 차례이다.

녀석은 의기양양이나 이 엄마가 그만둘 사람이냐?
"아냐, 아직은 끝난 게 아냐, 내 차례니까 던져야 해."

말 한개도 못 나온 내가 던졌다. 윷이다!
또 다시 윷! 윷! 거푸 3윷이다! '세상에 이런 일이…'
내 말들의 위치를 꼼꼼히 살핀 뒤 다시 던진다.
모가 나왔다. 녀석이 찡그린다.
다시 모가 이어 나온다. '세상에 우찌 이런 일이…'
어쨌거나 게임은 내가 끝냈다.
녀석이 다 잡은 패를 뒤집은 내가 더 놀랐다.
나는 안다. 포기하지 않는 최선이 최고라는 걸…

아버지는 늘 내게 잘될 거라며 덕담을 해주셨다.
첫눈이 쌓인 아침에 태어나 복 받은 줄 알았고
보채지 않고 뭐든지 주는 대로 잘 먹어 잘 살 줄 알았다.
살결이 깨끗하고 얼굴이 모난 데가 없으니
무엇보다 너만큼 귀가 잘 생긴 사람도 흔치 않아.
너는 귀하고 복 있는 사람이다.

99. 욕조 있는 집

2019년 2월 22일. 금.

맑다. 낮 9도.

아... 햇빛 좋다.

그런데 눈물도 난다.

스파트필름 두 줄기를 2,500원에 사 들고 와

분갈이 한 뒤 겨우내 물주며 햇빛 쪽에서 얼렸더니

몇 개월 만에 새순들과 잎들은 손바닥만큼 커지고

푸르름으로 넘실되더니 오늘 꽃대를 두 개나 올렸다.

봉선이가 아침 일찍 전화했다.

"그냥 아지매 생각이 났어요."

평생 하던 가게를 접고 나니 시간도 있고 보고 싶단다.

아득한 그 때 결혼해 그 집에 가서 처음 본 아이다.

"꽃 같던 우리 아지매 고생 많이 했지요. 내가 증인 아닙니꺼."

"지금 몇 살이니?" 나는 괜히 목이 멘다.

얼마 전 친지 결혼식에서 아재 만나 내 안부 물었단다.

무조건 시가에서 손자를 키워야 한다고 해

한 달된 아기와 그 집에서 긴 겨울 보낸 어느 봄날.

시모는 중병아리 스무 마리를 내 앞에 쏟더니 키우라고 했다.

"어떡하니?" 나는 그 아이를 쳐다보았다.

난장에 가서 배추 이파리 주워오면 된다고 했다.

"내가 철이 없어서 새 아지매 고생 많았지요..."
아냐... 네 도움 많이 받았어...

명이가 이사한다고 전화했다.
집 구경 시켰다가 전세 놓게 되어 이 참에 새 집 간단다.
"언니 굉교에 가봤는데 공기 좋고 조용하고...
근데 나는 너무 외로울 것 같고 숨막힐 듯싶어..."
○○동으로 정하니 압구정역에 22분 만에 오더란다.
시장과 도서관, 성당이 인근이라니 금상첨화다.

예전 외국에서 근방에 살던 아무개가 생각난다.
이민와서 공장에 다니는 그는 3시에 퇴근하자마자
고급 향을 푼 욕조에 몸을 담그고
음악을 듣는 게 살아가는 낙이라고 했다.
어느 날 마음에 드는 집 찾았다며 들떠 있었다.
그리고 이삿짐이 들어가고 그는 알았다.
그 집에 욕조 대신 샤워 부스만 있다는 걸...

4장

100. 삼일절

'세상에는 싸울 수 없는 힘이 두 가지 있다.
자연과 사랑이다.'
그동안 일본의 후쿠시마 재해를 보며
인간의 대처와 무기력에 생각이 많다.

우리는 어떤 의미에서는 살아남은 민족이다.
명분 없는 쇄국정책으로 눈 귀 닫은 우리에게
끊임없이 도발하는 열강들은 거대한 쓰나미였다.
특히 그 중에서도 일본제국주의...
교활한 저질에게 소리 한 번 못 내고 당했다.
뭐? 보호정책이라고? 민족말살정책이잖아...
100년 전 우리 선대들은 살려고 맞서지만...

얼마 전 일본은 트럼프 대통령을 노벨평화상 후보로
추천하면서 일본인 납치자 문제를 딜한 것 같다.
북미 협상에서 배제되고 국내 입지도 그렇고 마땅한
이벤트도 없다보니 스무 명 남짓으로 이슈화한 것이다.
그럼 끌려간 우리 국민 수십 수만 명은 어찌되었는데?

2차 대전 당시 일본의 강압과 협박에

수많은 장정들과 어린 여자들이 끌려갔다.
그것도 일본 탄광과 만주, 사할린, 남태평양 군도까지.
그들의 참상에 국민 모두 치욕과 분노로 애통해 했다.
이런 슬픔과 한 서린 목소리에 귀를 닫고
어쩌구 떠드는 너희가 진정한 이웃이고 국가냐.

며칠 전 뉴스에 얼핏 보니
아베의 굴곡진 면상에 좋지 않은 그림자를 보았다.
어떤 정부가 조작된 역사를 만들고 가르치며
거짓된 이론으로 나라를 이끌어 가냐...
우리는 바보이며 세계는 벙어리에 눈 뜬 장님이냐...

라디오에서 서유석의 〈홀로 아리랑〉을 듣는데
독도의 파도소리가 철썩-나를 깨우더라.
두만강을 거쳐 온 강물과 금강산을 휘돌아 온 물이
다 같이 동해에서 만나 용솟음치더라.
순국 영령들이여, 편히 쉬소서!

101. 봄날 단상

2019년 3월 9일. 토.
맑다. 13도.

내일은 비온 뒤 잠깐 꽃샘추위가 온단다.
한 철을 벗고 다른 계절로의 변태가 쉬운 일인가.
아침마다 읽는 몇 페이지가 오늘은 더 고맙다.
아무리 좋은 것인들 몰라서 놓치는 게 얼마나 많은가.
내 빈곤한 인생에 오셔서
채워 주시는 사랑과 지혜, 감사합니다.

어제 외출에서 돌아오며 엘리베이터를 탔더니
어떤 어르신이 몇 층에 가냐고 버튼을 눌러 준다.
큰 키 하며 모습이 아버지와 비슷해 나도 모르게
'아버지-' 하며 덥석 손잡을 뻗 했다.
사실 따지면 나보다 몇 살 위일 텐데 이를 어쩌나...

어느 해 봄날이었나.
경순이가 울 아버지 뵙고 싶다고 해 11시쯤 가니
아파트 입구 저만치에서 비니 쓰시고 걸어오시던 아버지.
"아버지, 왜 나와 계세요. 힘드신데..."
경순이도 얼른 앞으로 나서며 인사를 드리자
"아이구 오랜만에 보네요. 근 20년 만인가..."
아버진 기억력도 대단하시다. 아마 101세쯤이었나...

경순이는 그때 놀랐던 일을 한 번씩 꺼내곤 했다.

"자기 엄마 살아 계실 때 해 주신 음식도 잊을 수 없어..."

봄이 머뭇거려도 내겐 온갖 꽃들이 피고 있다.

저지르고 싶은 것들이 왜 이리 많은지 모르겠다.

나를 살살 날래고 천천히 노래를 고른다.

〈Send in Clowns〉

쥬디 콜린스로 한껏 촉촉해지다가

벤 모리슨과 쳇 베이커에서 그냥 생각이 없어진다.

(Chet Baker Live at Ronnie Scotts)

... 벤의 무심한 듯한 독백에 멍하니 있다가

쳇의 한 소절 트럼펫에 그냥 나를 놓아 버린다.

머릿속을 흔들고, 가슴을 휘젓다가

커피 잔마저 놓치게 만드는 이것이 도대체 뭐지?

그냥 그들의 모든 소리, 음악에 혼미해진다.

쳇의 My funny valentine...

'Alice Fredenham'의 버전으로도 한 번 봐봐..,

내 떠드는 것이 하찮고 그냥 눈물이 흐르더라.

102. 오고 싶으면 와

내린다고 하던 비는 내리지 않았다.
벚꽃인가 매화인가, 남녘은 온 산이 예쁘더라.
아직 여기는 개구리만 나온 것 같다.

샌드위치 만들어 점심 먹고 오렌지 한 개 입가심 하고.
밖을 보고 있었는데 후루룩- 하고 눈물이 나왔다.
일부러 김치 한포기 썰어 담고 싱크대 위아래 닦고.
등 뒤에서 엄마 목소리가 들린다.
'언제든 오고 싶으면 와... 그냥 다 버리고.'

아주 오래 전, 꿈에 보인다며 궁금해 다녀 가시던 날.
읍내 버스 정류장에서 표를 끊어 드리고
엄마는 기막혀 하고 나는 자꾸 아이를 고쳐 업었다.
연신 눈앞이 뿌옇게 흐려져서 힘들었다.
버스는 떠나고 한참을 그 자리에 서 있었던 것 같다.
100원이면 타는 택시도 잊은 채
오리 길 되는 신작로를 걸어서 관사로 왔다.
시월이었다. 국군의 날, 개천절, 한글날, 유엔데이...
앞집 옆집 택시 대절해 나들이 가는 신작로엔
흙먼지가 뭉게구름마냥 피어오르곤 했다.

"은진미륵은 여기 살 동안 꼭 봐야 혀."
쌍둥이네 따라 가 볼까도 했으나 그만 두었다.

"수술 끝나고 딱- 한 대 피는 담배... 쥑-인다."
일과 포커 좋아서 밤 새는 건 그렇다 해도
우리 모사를 반갑시 않은 손님 내하듯 해 충격이 왔다.
혼자 아이 낳고 일 년 넘게 시집살이 하다가
남편이라고... 세 식구 같이 살려고 온 지 두 달...
웃음은커녕 말 한마디 제대로 섞지 못했다.
그런 와중에 시모는 오라고 전보 치며 안달복달해
십일월 어느 아침 서울 가는 버스 한참을 보다가
시집으로 가는 차에 올랐었다.

엄마... 거긴 어떤가요... 지난밤 꿈에
흰색 모란꽃 양단 옷 입고 내 집 마당에 왔었어.
다나 위너의 〈One moment in time〉
저쪽 하늘에서 새 한마리가 우아한 날갯짓을 하는 듯...
그리고 내게 오더니 어루만져 주며 날아간다.

103. 연어처럼 살다

참 예쁜 날. 햇빛이 간지럽다.

영자가 문자를 보냈다.

'26일에 와서 쑥 캐고 하룻밤 자고 가...'

엥? 그때 벚꽃놀이 가기로 했는데 어쩌냐...

저번 날 넷이 흥능갈비에서 점심 먹었다.

40년 전인가 와 보곤 처음이었다.

주위는 다 변했고 그 집이 있는 것도 신기했다.

"우리 집에서 커피 할까?" 복실이가 앞장을 섰다.

이번에 집수리 했다는데 워낙 멋쟁이라 색감이며

가구 배치도 깔끔하고 근사했다.

우리의 화두는 노화와 노쇠였다.

노화는 거스르기 힘들지만 노쇠는 늦출 방법이 많다.

친구와 운동도 필요하고 영양섭취는 정말 중요하다.

스트레스 관리와 취미, '여행'까지 비약이 되었다.

우린 당장 날짜부터 정하고 기차 예약을 했다.

진해에 대한 것들은 인터넷에서 뽑았다.

벚꽃 축제 시작하는 바로 전날, 돌아오는 계획이었다.

나는 영자에게 전화했다.

"내가 진해를 한 번도 못 간 촌사람이거든..."

가죽일은 재미있고 모르는 것 배우는 건 희열이다.
낯선 용어들이 헷갈려도 귀에 익으면서 속도 붙는다.
벌써 소품 10여개 만들었다.
내일은 신설동에서 나를 매혹시킨 '나파룩스'를 사야겠다.
이런 내게 아무개는 자꾸 딴지를 건다.
나이에 맞는 일도 취미도 있다나 뭐라나...
한 마디로 내가 비싼 수강비와 가죽에 돈을 낭비한단다.

"강물을 거슬러 가지 말고 순리대로 살아야 장수해..."
그렇게 살면서 왜 너는 맨날 아프냐?
고맙지만... 그렇게 떠밀려서 살고 싶진 않아.
거슬러 가며 만나는 것들에 늘 감동 받거든...
내 살아온 방식이 어떻다고?
맞아... 부딪치고 극복하며 사는 거...
뭐라구? 연어처럼 힘들게 갔더니 죽음밖에 없더라고?
우린 모두 죽어... 난... 나처럼 살고 싶은 거야.

104. 선물

2019년 3월 23일. 토.

맑고 흐리고 소나기. 8도.

종일 변덕스런 날.

볼일도 있고 펌도 하려고 일찍 나섰는데

미장원에서 나올 즈음 소나기가 오고 바람이 몰아친다.

에고, 어쩌나! 헝클어진 채 서둘러 돌아왔다.

저녁엔 뭘 찾느라 뒤지다가

예전 한인회보에 쓴 'Living Together'가 나왔다.

20년 전 내 감성과 사고를 엿보아 즐거웠다.

갑자기 부탁 받고 늦은 밤 FAX로 보낸 기억이 난다.

왜 그 분이 내게 써 달라고 했는지도 모르겠다.

Kuraby... 내 방에서 듣던 숲의 속삭임이 아련하다.

수백 마리 새 떼들이 나무 둥지로 찾아 들던 때였다.

글의 내용을 떠나 지금은 며칠 걸려도 안될 것 같다.

책 한 권 없던 그 밤에 순식간에 쓸 수 있었던 건

내 능력이 아닌 거저 받은 선물이니까.

하나님께 받은 선물이 어찌 한두 가지인가.

막내를 낳던 그해 가을 어스름 저녁은 꿈속 같다.

아이의 울음소리를 듣는 순간 신음처럼 나왔던

'하나님 감사합니다.'

그때 나는 성경책조차도 없을 때였다.

그 후 많은 일을 겪으며 나도 모르게 갔던 영일교회.

그리고 진정으로 기도하며 잠들었던 어느 새벽,

흰 옷을 입고 오신 예수님을 만났다.

'너에게 준다 – '

어디선가 울리는 듯한 소리와 함께 책 한 권을 주셨다.

그 순간의 놀라움과 감사, 황홀한 떨림은

지금까지도 표현할 단어도 문장도 없다.

보잘 것 없고 형편없는 내게 와 주신 이후

인도해 주신 놀라운 여정을 어찌 다 말하리오.

내 눈물 닦아주시며 일어나게 하셨고

알게 하시며, 보게 해 주셨고, 사랑 받게도 하셨다.

내 능력보다 많은 것을 소유케 하셨고 누리게 하셨다.

내 부족한 어린아이 같음도 나무라지 않고

성장하도록 도와준 많은 선물들...

감사하고, 감사합니다.

105. 냉면

대관령엔 5센티미터의 눈이 내렸단다.
서울도 쌀쌀하지만 대체로 맑고 고요하다.
하늘엔 흰구름 몇 개 섬처럼 떠 있다.
어젠 공방에서 몸살로 쌤에게 타이레놀 얻어먹고
겨우 작업 마무리한 뒤 택시 타고 왔었다.

여행 다녀오고 금요일은 하루 쉬었지만
토요일 저녁엔 마침 아들이 선물 받은 티켓이 있어서
대학로에 있는 TCC라는 공연장을 갔었다.
집을 나서는데 돌풍이 불며 이상기류에 비까지 섞었다.
시내에선 나뭇가지가 부러진 것도 더러 보이고
도착할 즈음엔 눈보라가 치기도 했다.

김재원의 '그때는...' 미니 콘서트였다.
연주와 스토리텔링 곁들여 한 시간 반 남짓 들었다.
비 오는 저녁을 맛깔스런 여행 다닌 듯 즐거웠다.
'첫눈' 함박눈을 맞으며 걸었다고 할까.
'언덕길' 바다에서 항구로 돌아오는 길 같은...
'달빛' 제목처럼 은근하고 아련한...

그렇게 비 내리는 종로를 거쳐 오다가
냉면이 생각나 오장동의 홍남집으로 갔다.
회냉면을 주문하고 뜨거운 육수를 홀짝이는데
냉면 두 그릇에 사리 한 그릇이 딸려 온다.
"사리는 따로 안 시켰는데요..."
사장님이 서비스로 주는 거란다.
"애, 너 혹시 여기 단골이니?"
"글쎄 한 달쯤 되었나..."
나는 일 년이 훨씬 넘은 것 같다.
혹시 다른 사람들도 받았나 싶어 힐끔거려도 아니다.
나올 때는 남자 주인으로 바뀌어서 그냥 목례만 했다.

긴 월요일이 간다.
해가 많이 길어졌고 종일 혼자 바빴었다.
문방구로, 동사무소로... 인감도장 새로 만들고...
사진관도 들리고 풋마늘 장아찌 담으려고 마트에 가고
지난 밤 꿈속에서 물고기와 놀더니
정말 온 동네를 헤엄치고 다녔네...
그리고 보니 여행 몸살까지 어디론가 갔다.

106. 진해 여행

2019년 4월 3일. 수.
맑다. 12도.

목련꽃 피었다.

아침에 은행 들렸다가 어딜 가면서 택시를 타니

이런 복잡한 곳에 왜 사느냐고 뭐라 하신다.

"아저씨는 어디 사세요?"

살고 있는 동네를 설명하다가 침을 삼킨다.

"왼쪽은 경상도, 오른쪽엔 전라도, 시끄러워서..."

자신은 강원도라고 했나, 모르겠다.

진해 다녀온 후 지금도 사랑앓이를 한다.

창원 중앙역에서 얼마쯤 산허리를 돌더니 진해였다.

'깨끗하고 밝고 아담하고 예쁘다'로 설명이 될까.

우리는 중심 광장에 서서 남쪽의 봄을 들이마셨다.

다른 이들도 알고 있으려나...

신호등 없는 도시라니 처음 보는 일이라 신기하다.

여좌천의 흐드러진 벚꽃은 걸음마다 탄성이 쏟아진다.

개울을 지나, 마당 예쁜 동네를 한 바퀴 둘러본다.

저-어기... 오래된 주택의 모서리에 눈이 머문다.

'발코니를 내고 회칠한 벽 옆에 몬스테라와 테이블을...'

갑자기 카사블랑카 한 컷이 휘릭- 지나간다.

우린 해군사관학교 쪽으로 방향을 잡았다.

저녁엔 기사 아저씨가 내려 준 바다 앞 식당에서
푸짐한 모듬회와 '도다리 쑥국'을 먹었다.
그렇게 애정하던 남해바다의 봄을 먹었다.
낮에 갔던 시장에선 풀치 7마리가 오천 원이었다.
경화역은 철길 전체가 사진첩이다.
세상 어디에 벚꽃 가로수 있는 기찻길이 있을까.
명동 바다에선 산책로를 따라가니 '우도' 섬이 나왔다.
통통배가 지나는 사이로 돌미역을 말리고 있다.
아... 햇빛 꺾인 쪽빛 바다 속을 보다가
멀미하듯 눈물이 솟구쳐 혼났다.
진해는 햇빛 들인 마당에서 친구와 커피 나누며
오후를 보내고 싶은 도시였다.

셋째 날엔 마산도 아구찜도 궁금해
안민고개와 옛 도로로 꽃 피는 산을 넘어갔다.
글쎄... 도시는 서울과 비슷했고 아귀는 잘 모르겠다.
주방장을 믿는 편이랄까.

107. 강원도 산불

2019년 4월 6일. 토.
그냥 맑다.

라디오를 켜니 어느 신부님 강론이다.
'교만과 자랑'에 대한 개구리 이야기기였다.
산속 작은 연못에 인기 많고 명랑한 개구리가 있었다.
어느 해 가뭄이 들어 물이 마를 때 쯤, 새들이 와서 말했다.
"저 건너 큰 연못엔 물이 아주 많아."
그는 꾀를 내어, 양 쪽에서 새들이 가지를 물게 하고
자신은 중간에서 입으로 매달려 가고 있었다.
가는 도중에 밑에서 와우- 하는 함성이 들렸다.
"어떻게 저런 아이디어가 떠올랐지? 대단한 걸."
"내가..." 녀석이 입 벌려 자랑질 하는 순간 떨어졌다.

바보. 앞 다리로 잡으면 되지 웬 주둥이로 잡냐.
에고, 말씀의 요점도 모르는 수준 봐라.
내가 나를 멱살잡이 한다. 교만과 주접떨어 죄송합니다.
개구리보다 못한 나를 일깨워주신 신부님 감사합니다.

강원도 고성, 속초, 강릉, 옥계, 망상 등에 산불이 났다.
축구장 600개 정도의 산림이 불탔고
수십 채의 집과 목축장, 요양원, 팬션들이 소실되었다.
관광객들의 방문 예약과 학교 수학여행 등의 차질로

지역 상권 또한 붕괴될 처지에 놓였다.
어젠 식목일인데 국토 관리의 문제점은 없었을까.
일단 화재 진압과 조사가 우선이겠지만
터전과 재산 잃고 망연자실한 분들의 건강문제,
안정된 쉼터가 우선 시급하다.

라디오에선 국회의원 두 사람의 대화가 나온다.
그들의 언어와 사고에 놀라고 불쾌하다.
법 만들겠다는 위치 아무나 서면 안 되겠다.
자신들을 어느 정도 끌어 올린 뒤 정치를 얘기하면 좋겠다.
대한민국의 지식과 교양을 갖춘 보통 시민들에게
그들의 저급한 행태는 모욕감을 준다.

그런데 이렇게 막말을 해야 먹힌다는 소리는 뭐지?
저런 류의 저질스러운 '아니면 말고' 주고받기를
'사이다 발언'... 부추기는 건 국민 수준이 우습다는 건가.
지금 나라 안팎의 중차대한 일이 산더미 같은데
저들 눈에만 안 보이나... 개탄스럽다.

108. 점심

하늘 전체가 뿌옇고 우중충이다.

뭐 하니? 이런 날엔 우두커니 있는 게 쫌 그렇단다.

올라 와서 밥 먹자고 윤숙이가 아침부터 채근한다.

날씨 탓인지 백화점은 사람들로 북새통이다.

9층에서 밥을 먹는데 장미 언니가 얼른 계산한다.

그냥 밥 사려고 마음먹고 있었단다. 고마워요...

4층 카페에 가니 반가운 얼굴들이 다 있다.

어머나... 웬 일이니... 손잡고 껴안고 웃다가

각자의 소식들도 주고받는다.

샷 추가한 아이스라떼는 맛있고 왜들 그리 예쁜지...

"자고 가..." 윤숙이가 나오는데 속삭였다.

"안 돼, 가방 숙제도 해야 되고..." 나도 속삭인다.

돌아오는데 그녀의 고운 얼굴이 자꾸 뭐라고 한다.

'나 살쪘지? 나 얼굴 주름 많지?'

그냥 다 아니라고 해 줄 걸

제발 애처럼 그러지 말라고 핀잔주었지.

수십 년째 묻는다고 뭐라 그랬지. 아이고 내가 미쳤지...

늦은 저녁부터 비 내리기 시작했다.

224

윤숙이에게 전화했다. 뭐해?

"넌 언제나 똑같더라. 오늘 메이크업은 어디 꺼니?"

계란형 미인이 오늘은 화장까지 좋더라고 내처 말했다.

얌전한 웃음소리가 들리더니 그녀가 말한다.

"얘, 너만큼 매력적인 여자가 어디 있니?"

"진짜?" 이번엔 내 목소리가 더 좋아라한다.

짜고 치는 고스톱이라고 하던가.

LPGA ANA 인스퍼레이션에서 고진영이 우승했다.

요즘 그녀의 그린 읽는 것 하며 자신감이 최고다.

순위에 상관없이 나는 몇 사람의 골프 성향을 좋아하는데

한결같은 양희영의 우아한 샷도 멋지고

장하나, 이미림의 공격적 게임도 눈을 뗄 수 없다.

벌써 2019년 들어 한국인 우승자가 5명이다.

한국 여자들의 뛰어난 기능과 감각 등은 칭찬 받을 만하다.

명예의 전당에 이름 올린 박세리와 박인비는 물론이고

'박'씨들이 운동신경에 뛰어난 유전자가 있는 듯...

야구의 박찬호, 축구의 박지성, 수영의 박태환...

109. 춘곤

2019년 4월 13일. 토.
맑다. 19도.

아, 햇빛 찬란하다.
'꽃을 피우고 싶어, 온몸이 가려운 매화가지'
이해인 수녀가 보는 봄의 몸짓이다.
'겨울에도 숨어서 나를 키우고 있었다'
이 아침에 시작하는 일상들, 느끼는 모든 것들은
알게 모르게 나와 함께한 세상 덕분이다.

Treehouse Masters... 하와이 북쪽 섬이 나온다.
양치식물과 야자수들이 눈 호강 시키는데
어라... 유칼립투스와 노포크소나무도 있네.
수많은 나무와 숲이 어우러진 그 곳을 보고 있노라니
초록바람이 눈 흘기며 지나간다.
왜 여기에서 이러고 있냐며 뭐라 그런다.
콘크리트 건물에 앉아 있는 건 너답지 않다고 한다.
기, 승, 전, 숲 하늘 바다 언덕 꽃... 아니었니?

병원 근처에 사니 앰뷸런스에 한 번씩 놀라고
바다 앞으로 가니 습하고 허해서 우울 오더라.
시장 옆에선 편하긴 한데 시끄럽고 냄새 나고
언덕 위에 사니 경치는 좋더만. 다리 아프고 바람 불어.

조금 마땅찮긴 해도 익숙해서 만만하고, 친구도 있어
그냥 살던 곳에서들 산다고 했다.

아무개가 습관처럼 또 카톡을 보낸다.
바쁜 세상에서 흉보지 말고 사랑하고 포용하며 살란다.
나도 네가 주는 사랑과 포용 구경 해보고 싶다.
서로 피곤한 이런 글 끊임없이 보내는 이유를 모르겠다.

늦은 오후가 되면서 괜히 몸도 마음도 한 짐이다.
이상하게 봄 되고부터 까닭 없이 처진다.
뜨거운 물 한 잔 감싸 쥐고 천천히 마음으로 호흡한다.
따뜻한 기운이 올라오며 노곤해진다.
저녁 오는 소리가 저쪽 산 능선에서 소곤대며 내려온다.
My friend the wind...
데미스 루소스의 목소리에 사막의 바람소리가 섞인다.
그의 음색은 고단한 세월을 걸어 온 슬픔이 배어있다.
올리브 나무 사이로 그가 조르바 스텝으로 걸어온다.
"친구여..." 그가 웃으며 함께 춤추자고 한다.

110. 달란트

2019년 4월 15일. 월.

맑다. 18도

어젠 강풍과 비로 어지러운 사월이었다.
사월은 정말 알다가 모르겠다.
T.S. 엘리엇은 사월의 뭐 같은 시샘을 잔인하다고 했나.
우리의 4·19 혁명이나 4·16 세월호 사건은
많은 젊은이를 사지로 보낸 역사적 상처로 봄 되면 아프다.
시샘하는 봄인들 이보다 더 잔인할 수 있을까.

마스터스에서 타이거 우즈가 그린 자켓을 입었다.
오늘 아침 3시간에 걸쳐 재방송을 보는데
11년 만에 우승하는 그의 아우라가 참 대단하다.
재주가 많다 해서 최고가 되지는 않는다.
PGA 83승에 메이저 14승. 온 세계가 찬사를 보낸다.
고급 취미로 인식되던 골프를 대중적 인기로 바꾼
그의 퍼포먼스는 골프산업 전체를 바꾸었던가.

어느 명절엔가 언니와 아버지 뵈러 가니
근처의 교회 부목사님이 말씀을 전해줘 고마운데
도무지 뭔 말인지 언니에게 풀이해 달라고 하셨다.
직분도 있고 성경 공부 경험도 많은 언니가
재차 설명을 해도 아버지는 이해가 안 되신단다.

당황한 언니는 버벅대고... (지식과 전달은 차이가 있다)
순간 아버지의 궁금한 포인트가 내게 묻는 듯 했다.
나도 모르게 '모르는 내가' 설명을 했다.

"그렇구나... 네가 많이 아는구나..."
아버지는 이제야 뭔 얘긴 줄 알겠다며 웃으셨다.
사실 성경에 대해 내가 뭘 알겠는가.
"너는 말씀을 전달하는 달란트가 있네..." 언니가 말했다.
이 모든 건 내 능력이 아닌 순전히 하나님의 은혜이다.

언젠가 친구와 영화를 보고 나와서
내용이 애매한 부분을 내 생각대로 짜깁기를 하니
뭔가 더 그럴싸하고 재밌다고 했다.
타고났으니 썩혀두지 말고 아까운 재능 펼치란다.
그럴까? 오늘도 내 그릇 밀어놓고 자꾸 남의 것을 본다.
이미 거저 받은 것들 제쳐두고 딴 짓 중이다.
아서라... 내 느림과 모자람도 알고
그럴 머리와 재주가 안 되는 건 내가 더 잘 안다.

111. 안개 낀 날

2019년 4월 27일. 토.
맑다. 18도.

안개 꼈나... 봄 안개 낄 수 있지...
많은 생각들 밀어내며 남대문 시장으로 갔다.
3층에서 웨빙 무늬 좀 고르려니 어렵다.
마침 손님도 없고 해서 주인 아저씨와 얘기 나눈다.
가죽에 미쳐 5,6년 하다 얼떨결에 가게를 열었단다.
그렇구나... 나는 뭔가에 미쳤던 적이 언제였더라.

윤숙이가 뒤차에 부딪쳐 경찰과 보험사에 전화하고
"집 근처에 있는 병원에 일단 입원 했어..."
신호 대기 중이었는데 웬 차가 오더니 박았단다.
내일 공방 쉬고 갈까? 하니 오지 말란다.
"얘... 근데 언제까지 가죽 할 거니?"
마치 사고 난 것이 내 탓인 듯 심통이 난 억양이다.
우리가 놀기에도 '빠듯한 나이' 라는 건가 싶다.
"글쎄... 당분간은 계속 하고 싶어."

90세 된 사람이 인터뷰 하며
"내가 90년을 살았다고? 말도 안 돼...
난 그렇게 오래 산 적 없어... 잠깐 살았어."
허긴 나도 70년이 넘었다고? 누가 그런 거짓말을 하냐...

우리의 허무를 공감한다. 그럼... 인생 잠깐이더라.
며칠 전 희령이와 점심 먹고 봄나들이 하듯 걸었는데
세상에 그녀가 그렇게 말이 많은 줄 처음 알았다.
우울하다는 것도 거짓말이다.
그렇게 쉴 새 없이 얘기할 수 있다면 참말로 건강한 거다.

사실 아침엔 안개 낀 듯 가슴이 답답해 오더라.
분을 내면 눈과 마음이 상하니까 살살 달래면서
좋아하는 〈대부〉 OST를 여러 버전으로 들었다.
힘의 우위 논리가 배신과 음모로 점철되고
뭐 같은 훼밀리와 연결되며 생사를 넘나든다.
상관없이 시실리의 풍광... 그들 세상을 즐기며 보았다.
그 다음엔 뜨거운 커피를 애정하듯 껴안고 마셨다.
영화 속 장면들과 음악이 파도 타듯이 쾌감도 있더라.
그렇게 죽고 죽이는 게 좋다고? 아니지. 전체를 봐봐,
'화해를 권유하는 그가 배신자다.' 뼈 때리지 않니?
이런 70년대의 영화와 음악들... 미치도록 좋다.

112. 세련

2019년 5월 5일. 일.
맑다. 27도.

초여름 같은 푸르른 어린이날.
조금 전 공방에서 나와 천천히 걷는데
거리에 색색의 풍선을 든 아이들이 많아서 알았다.
광장 앞에서 탄 택시에서 행선지를 얘기하며.
이런이런 코스로 가는 것이 좋겠다고 설명을 했다.
기사 아저씨가 흘깃 돌아보았다.
"목소리에 힘이 있네요."
그런가... 갸웃하는 중에 그가 또 말했다.
"듣기도 좋고... 세련되시고..."
오랜만에 '세련'이란 단어가 낯설면서 뭉클하다.
"고맙습니다..."

어제는 몸도 붕 띠 있는 듯하고 앞노 뿌옇다고 할까.
겨우 아침을 먹는 둥 하고는 소파에 눕고 말았다.
눈을 감고 차근차근 짚어 보았다.
며칠 동안 충분히 잠을 못 자고 스트레스 좀 받았다.
울 아버진 이럴 때, 내 나이에, 어떻게 했을까.
'정신 줄 잡고... 맥 놓지 말고...
나이 들었다고 허튼소리나 게으르지 말고...
무슨 일 생겨도 덤벙대거나 용쓰지도 말고...

232

특히 누구에게나 맞추려 하지 말고...'
내가 긍정에 적응력도 있어 웬만큼은 견딘다고 했지만
어느 정도까지라는 내 한계도 이제 알았다.

늘 꼿꼿하시던 아버지는 갑자기 어지럽다며 입원하셨고
병원에 간 내게 물었다. "카다피 어떻게 됐니? 잡혔나?"
아이고 아버지... 그 딴 일이 뭐가 중요해요...
하지만 가까스로 참고 웃으며 대답했다.
"아직요... 조만간 잡히겠죠 뭐."
그리고 다다음날, 105세 아버지는 천국으로 떠나셨다.

소분해 넣어둔 '내 영혼의 닭 죽'을 꺼내 덥히고
옥수수와 보리 넣어 끓인 물도 천천히 마셨다.
미키 뉴버리... 안식 같은 그의 노래를 자장가처럼 들었다.
웅크린 날에도 힘들어 쩔쩔매던 날에도
그 덕에 힘든 시간 잘 견뎌내지 않았던가.
'All my trials Lord, soon be over...'

113. 감사와 은혜

바람은 조용하고 햇빛도 느긋하다.
'내 고단한 삶에 한 줄기 빛으로 와 준 너...'
폴 김이라는 가수가 고백하듯 다정하게 노래한다.
내가 힘들 때 그냥 온 것도 아니다.
빛처럼 온 당신은 얼마나 황홀인가.

나도 요 며칠 어버이날 인사로 절로 웃음이 난다.
막내에게서 받은 카드는 읽고 또 읽는다.
딸과도 궁금한 얘기들을 길게 주고받았다.
며느리와의 명랑한 대화 역시 늘 즐겁다.
큰 아들과 나눈 얘기도 별 일이 없어 더 고맙다.
"엄마는 참 손재주가 좋아...
반지갑 잘 쓰고 있는데 누가 엄마 솜씨인 줄 알겠냐고...
다른 사람들은 상상도 못 할거야..."

내게 빛처럼 소중하게 와 주신 예수님...
내가 어인 이유로 이런 축복을 받는지 죄송하고 감사하다.
유형무형의 받은 것들을 돌아보면
그때도 지금도 변함없는 사랑을 조건 없이 받았음을...
그리고 나를 여기에도 저기에도 두셨음은

더 깨우치고 배우라고 담금질 하셨음이리라.

나는 배움이란 듣고, 보고, 알고... 라고 생각했다.
그러나 내게 준 고통과 사랑이 얼마나 큰 은혜였으며
배움은 '하나님을 아는 것'이라고 가르쳐 주셨다.
아무리 잘나고 부유한들 하나님을 모르면 무슨 소용인가.
들풀 같이 스러지는 것을 쥐고 큰소리치다니...
네가 가진 모두는 네가 똑똑해서 얻었다고?
그중에 너도 알 것이다. '운이 좋았다고.'
운을 거슬러 보면 너의 수고 아닌 그냥 주어진 것이다.
그게 바로 값없이 받은 은혜이다.

우리 곁에 있었던 많은 문제들, 관계들...
이 모든 게 도약할 수 있게 한 발판인 걸 알면
현재의 위치도 어떻게 비롯되었는지 감사하게 된다.
뭣이라... 이것도 잘난 자신이 만들었다고?
그 잘난 당신을 여지껏 누가 케어했나...
때마다 빛과 소금으로 키워주신 하나님, 감사합니다.

114. 혜득이

명랑하고 포근한 봄날,

아침에 화초들 살피고 물을 듬뿍 주었다.

혜득이가 '으아리 꽃' 사진을 보냈는데 올 뻔했다.

너희 집 울타리니? 아뇨, 앞집이에요.

별 모양의 분홍색 꽃... 담장을 타고 손 뻗은 잎과 줄기...

꽃 이름까지 환장하겠다.

"내려오세요... 다른 꽃들은 더 예뻐요."

나를 꿰뚫었다는 듯 한 술 더 뜬다.

혜득이와 나는 8년을 함께 살았다.

지금에 와서 보니 내가 큰 도움과 사랑을 받았었구나.

크게 아팠을 때 곁에서 돌봐 준 것 정말, 고마웠어...

내 말을 경청하고 힘께해 준 것도 잊지 않을게.

고달팠던 그 때 식구가 11명이었다.

"왜 야채를 한 곳에서 안사고 여기저기서 사요?

한집에서 사면 억수로 많이 주는데..."

"저쪽 아저씨는 다리가 불편하고...

저 새댁은 젖먹이가 있잖아... 여긴 할머니이시고..."

지금도 그 고단했던 시간들이 잊혀지지 않는다.

그땐 새벽마다 교회의 차임벨 찬송가가 울렸다.

나는 속으로 찬송을 따라 부르곤 했다.

나 자신이 너무 하잘것없다는 생각도 들었다.

'나는 무능하고 나약하며 머리까지 좋지 못해.'

지금의 상황까지 온 것은 오로지 내 탓이라며 징징댔다.

나는 유년 주일학교를 열심히 다녔다.

십 환짜리 한 장... 연보 돈을 주머니에 넣고

동네 골목을 나가면 행길이 나오고 저만큼 나사렛 교회...

창호지에 먹물로 쓴 찬송가를 막대에 걸어 놓고

마룻바닥에 앉아 부르고 또 불렀다.

아... 좋으신 하나님은 오래전에 내 손을 잡고 계셨다.

내 맘대로 살다가 많은 일을 겪으며 알게 되다니...

"앞 마당에 오이가 달렸어요. 오실 때까지 기다릴게요."

우리 혜득이는 내일 모레 육십이다.

115. 아프리카

진짜 더웠다.

전부터 약속이 된 탓에 더위 무릅쓰고 나갔다.

이쯤 되면 아프리카 따로 없다고... 오월이 미쳤다고...

아프리카 난민 문제까지 설왕설래 하는데...

아프리카라구?

난데없이 옛이야기 하나가 떠올랐다.

그땐 동네 중심에 우리 집이 있었다.

동네에서 밥을 먹는데 띠동갑 여자가 계속 말을 했다.

딸과 사위가 좋은 직장 그만두고 아프리카로 떠났다고...

"아프리카 어디로 갔어요?"

"나이로비로 갔는데 날씨도 기막히고 엄청 좋대..."

"아... 케냐로 갔구니."

"아니... 거기가 아니고 나이로비... 유명한 곳인데 몰라?"

"케냐 수도가 나이로비잖아요..."

그 동네에서 오래 살다보니 모두 이웃이고 지인이다.

열흘쯤 지났나... 그 띠동갑 여자를 만났는데

인사를 하자 기다렸다는 듯 말을 쏟아냈다.

"이렇게 똑똑하고 멋진 사람이 왜 ○○○와 친구해요?"

"그 사기꾼 여자가 당신을 베스트 프랜드라고 떠들던데."
아... 이건 또 무슨... 황당 시츄에이션...
무슨 대답을 했느냐구? 안 했다. 못 했다.

멋지지도 더구나 똑똑한 것과는 거리가 멀었음에도
그 동네서 많은 관심과 사랑을 받고 살았다.
내게 과분하게 준 것들 중 체신도 들먹였었나.
길 가다 풀꽃도 예쁘면 감탄할 수 있지...
사람이나 사물에도 부사나 형용사 좀 쓸 수 있고...
옷이나 악세사리도 내 마음대로 치장할 수 있지...
뭐라구? 아는 것도 모르는 척 하라구?
사실이 아닌 것도 따지지 말고 그냥 넘어가라구?
'이젠... 그렇게...'

아파트 현관 들어서는데 경비 아저씨가 환하게 웃는다.
나를 보면 항상 기분이 참 좋단다.
나는 정말 복 받은 늙은이다.

116. 유람선

헝가리 유람선 침몰로
한국인 31명 중 7명만 생존 확인이다.
비가 세차게 내리는 밤 9시에 구명복 없이
어떻게 승선과 운행이 가능했는지 모르겠다.
그 나라는 야간 매뉴얼도 없이 마구잡이 운영을 했나.
사람들은 그러더라.
한강과 다뉴브는 물의 유속과 느낌이 다르다고...

오래전 거제 해금강이 생각난다.
우리가 배에 오르니 이미 승객들로 만석이었다.
어쩌다 보니 일행과 떨어져 뒷쪽에 앉게 되었다.
얼마나 되었을까. 갑자기 주위가 웅성대고
소용돌이에 갇힌 배가 뒤집힐 듯 깔딱거린다.
'구명복을 착용하세요'가 그제사 들렸다.
순간 혼이 나갔는지 윙-하며 아득해졌다.
모든 게 무성영화의 장면들이 지나가는 듯...
정신을 차려 남편을 찾으니 저 앞에서 무심 각인데...
내 옆에선 부부가 서로 구명복 입혀주며 난리다.

가까스로 일어섰으나 발도 입도 떨어지지 않았다.

이미 구명복은 동이 났다며 누군가 말했고
'까짓것... 죽으면 죽는 거지 뭐...'
그다음은 어찌 되었는지 도통 모르겠다.
누가 재촉해서 보니 다들 내리려고 줄 서고 있었다.

언젠가 무슨 얘기 중에 그때의 상황이 나왔다.
"어떻게 그 난리 중에 쳐다도 안 봐요?"
아버지는 엄마를 최우선 하며 70년을 함께 했다.
당연히 나는 가족 중심의 생활을 보며 자랐다.
밖에서는 '좋은 사람'이라고 자타공인 칭송받는 그가
정말, 진심으로 궁금해 물었던 것이다.

〈웃으면 복이 와요〉는 최상의 프로그램이며
이주일, 배삼룡은 천재이고 그렇게 허허 대며 사는 게
최고라던 그가 사람 좋은 얼굴을 찌푸렸다.
"그래서 죽었어? 안 죽었잖아..."
살아서... 이런 대답도 듣는구나...

117. 유월의 냄새

금요일쯤에 폭풍 온다고 했다.
경주는 34도. 대구, 경산, 안동도 얼추 비슷한 것 같다.

요즈음 〈슈퍼밴드〉에 빠져
내 안의 에너지까지 모조리 나와서 더 뜨겁다.
경합했던 모든 밴드가 함께 페스티벌 하면 좋겠다.
장르나 이런 구분 없이 모두 대단하다.
눈에 띄는 보컬이나 연주자 있지만 그들이 뛰어난 것도
받쳐주는 옆의 누군가가 있어 더욱 빛났으리라.

에그머니나... 진즉 유월이 왔네.
이 싱그런 계절이 오면서 몇 가지는 더불어 온다.
칠색의 바다, 잉크색, 그리고 숲 냄새다.
좁은 집안에 있어도 유월의 빛깔이 제각각 넘친다.
하늘은 그냥 푸르스름했는데 잉크색으로 번지고
식물 몇 개 있는 거실에서도 숲 바람이 온다.
에메랄드 빛 머리핀을 꺼내고 파란색 페디큐어를 한다.

예전 친정집 내 방의 맞은편에 온실이 있었다.
온갖 식물의 몸짓과 뱉어내는 호흡으로

그 안은 늘 쌀싸름하고 축축했다.

매달린 새장에는 카나리아, 십자매, 잉꼬 등이 살았다.

아침마다 채워주는 차조와 메조 섞은 모이통에서

날갯짓할 때 떨어지던 부스러기들...

내 기억 속에 있어서 좋아하는 게 아니고

그것들은 냄새와 모습으로 그냥 각인되어 있다.

숲 냄새를 누구나 좋아한다고?

꼭 그렇지만도 않다.

"여기 숲에서 깊게 숨 쉬어 봐..." 하니 누가 그랬다.

"곰팡이 냄새 같은데... 퀴퀴하고 젖은 냄새 같아."

"Plant Nursery... 한 켠에 작은 카페를 만들고..."

"아... 커피가 바로 그 냄새야... 비릿하고 흙냄새 같은..."

커피 맛없다는 사람이 의외로 많더라.

그렇게 다른 취향의 사람들이 맛 물려 살아간다.

내 꿈은 누구에겐 하찮고 시시한 것이다.

당신이 환호 하는 것들이 내겐 의미 없는 것처럼...

그래도 나는 당신의 유월이 늘 궁금하다.

118. 감사통

지저분하게 구름 낀 하늘이 좀 애처롭다.
무얼 할까 하다가 미싱 앞에 앉았다.
오래전 홈쇼핑에서 젊은 남자가 청바지를 박고 있었다.
모르는 자신도 할 만큼 쉽고 좋다는 광고였다.
얼마에 샀더라... 이제 본전 뽑았다.
크고 작은 지갑... 수백 개 만들었으리라.

누가 힘들어서... 아프다고 해서...
희령이가 시골 아이들 준다고 해 밤새워 만든 적도 있다.
낯선 이에게... 어디로 선교 간다는 이에게도 주었다.
하루가 너무 길어 외롭다는 할머니에게 드리니
활짝 웃던 모습도 생각난다.
아... 솔직히 내가 받은 기쁨과 즐거움이 더 많다.

아무개가 떠오른다.
성당에 열심인 그녀는 평소에 얼굴이 밝지 않고
어떤 날엔 '불만'이라고 써있었다.
그러던 어느 날 갑자기 공부를 그만두고 싶다고 했다.
"무슨 일도 좀 있고... 마음도 그렇고 해서..."
"자긴 참 늘씬하고 멋져... 뒤에서 보면 완전 30대야..."

244

아부 했냐고? 그럴 리가...

그녀가 조금 웃었고 우린 밥 먹으러 갔다.

"나는 몇 년 전에 감사통을 만들었어."

감사한 일 있을 때마다 답장을 써 넣는다고 했다.

그녀가 의아한 얼굴로 보았다.

자신은 감사한 게 한 가지도 없다고 했다.

"생각해 봐... 엄청 많을 걸? 건강한 남편과 성공한 아들도...

자기가 가진 것들이 얼마나 많은데..."

"보이는 게 다가 아니야. 내가 어떻게 살았는데..."

"누군들 항상 좋게만 살아왔겠니...

그럼에도 불구하고... 지금 이렇게 살아가는 게 고마운 거지."

"지금? 단 한 개도 맘에 드는 게 없어..."

누군 늘 좋고 재밌는 일만 있나.

그리고 누가 내 인생을 이러저러 하게 살아 주나...

내가 내 맘에 들게끔 바느질 해가며 살면 되지...

119. 말 안 되는 일

새벽 소나기로 창문마다 빗방울이 가득해 기분이 좋다.
마치 내가 청소 끝낸 기분이랄까.

영국에서는 매 2시간마다 파킨슨 환자가 발생한단다.
영국인은 (유럽인 포함) 왜 이 병이 많을까.
유전적, 환경적, 성격, 음식... 원인도 범위도 넓다.
뇌 속의 신경 전달물질 이상이라고 들었다.
뇌 깊은 이곳을 웃음으로 활성화시키면 좋다고 한다.
우울한 날씨, 폐쇄된 생활, 절박함, 심한 스트레스,
강요된 절제, 낮은 면역력, 가식적 인간관계 등등
도파민 활성을 저지시키는 것들일 것이다.
필요한 곳들이 위와 같은 이유들로 제때 공급 받지 못하면
신체의 대사가 원활치 못해 탈이 나는 것 같다.
노인들은 호르몬 관계로 알츠하이머와 연계가 많다던가.

"어머나... 너무 이쁘다..."고 하니 박 아무개가 나를 툭 친다.
"그 나이에, 그런 마음이, 그런 말이, 나와요?"
너무는 왜 붙이느냐고 눈 흘긴다.
어머나는 왜 나오느냐고 혀를 찬다.
무심하게 쳐다보니 찡그린 그녀가 쐐기를 박는다.

"이쁘지도 않구만."

그러니 애저녁에 나는 '말 안되는 소리'를 한 것이다.

돌아서는 그녀가 다리를 절뚝인다.

수년 째 양쪽 관절염으로 고생 중이란다.

오래진 시집 살 때 얘기다.

3시쯤 외출에서 돌아온 시모는 화를 내며 점심 달라고 했다.

연탄구멍을 열고 일어서는데 내 옆으로 냄비가 굴렀다.

얼결에 놀라서 그냥 주워 걸었다.

작은 국솥을 연탄불에 올리고 밥상을 펴고...

그때 다시 내 몸을 스치며 냄비와 뚜껑이 나뒹굴었다.

이게 뭐지? 어쩌지? 잠시 생각하는 사이

그녀가 버선을 끙끙대며 벗더니 내 얼굴에 던졌다.

나의 온 세포가 약이 오르면서 얼굴이 달아올랐다.

이런... 말 안되는 일도 있구나...

그대로 부엌을 나와 뒷곁의 텃밭 있는 데로 갔다.

밥은 어찌 되었냐고?

냄비 던진 사람에게 물어야지...

120. 육이오

1950년 6월 오늘 새벽에 북한군이 쳐들어 왔다.
그 당시 국민들의 공포와 참담은 짐작도 못하겠다.
이승만은 막을 수 있다고 국민들을 안심시킨 뒤
즈이 일가들을 데리고 도망친 후 다리를 폭파시켰다.
딱 한 개 있던 한강 다리를... 지금은 30개쯤 되려나.

박근혜가 긴박했던 7시간을 사저에서 꼼짝 않고 있을 때
시시비비로 늘 언성 높이던 국회는 왜 조용했나.
자칭 전문가들은 탁상공론을 하며 기우는 배를 보고 있었다.
세계 군사력 몇 위에 있다는 '군'은 왜 침묵했나...
미디어들은 무슨 눈치 보느라 허튼소리로 시간을 죽였나.
최 일선에 있던 해경은 왜 즉각 구조하지 않았는가.
민, 관, 군... 달려들면 학생 300명 정도는 순식간 아닌가.
이런 피 말리는 상황을 지휘할 사람이 한 명도 없었을까.
대통령이 안 되면 총리라도 비상 대응을 해야 하는 것 아닌가.
오호통재라... 우리 모두가 방관한 죄인이다.

급히 나갈 일이 생겨 택시 콜 하니 한참 후에 왔다.
○○노총에서 대법원 근처를 에워쌌단다.
'귀족 노조들이 놀고 있네'가 주변의 인식이란다.

회사, 국민, 정부, 이젠 법까지?... 라며 화를 냈다.

이 사회의 톱니바퀴에 모두 맞물려 돌아간다.

모든 곳엔 위치에 따른 역할이 세분화되어 있고

각각의 전문인과 기능인들이 적재적소에서 맡은 일을 한다.

계약대로 일하고, 약속대로 임금을 받으면 된다.

생산부터 회사의 정책 방향까지 관여하고 싶다고?

민주주의 법, 사회주의 법도 아닌 '한국의 노총법'이란다.

제발... 왜곡된 사회 평등 해법인지...

내가 잘못 알고 있는지 누군가의 설명이 필요하다.

요즘 바라는 것은 전쟁 후 70년 된 우리 주변의 재정리다.

살인범을 비롯한 반인륜적 범죄는

이유 불문하고 무조건 국민 앞 '머그샷' 원칙에

모든 범죄는 공소시효 없이 끝까지 가고,

특히 '사기횡령' 같은 범죄는 엄청난 책임을 묻는 것이다.

범죄자의 권리를 기존보다 제한하고

피해자는 억울하지 않게 보상과 배상이 이뤄져야 한다.

새로운 대한민국 매뉴얼... 절실히 필요하다.

121. 온천천

선잠 깬 아이처럼 울먹한 날씨다.
간밤엔 잠을 놓쳐 부스럭대다가
인터넷 들어가 어찌 하다 보니 3시 넘어 잔 것 같다.
괜히 한밤중에 부동산... 흥미가 동해서
혼자 집을 샀다가 팔았다가 난리도 아니었다.
나만큼이나 나이든 동네에 아기자기한 시장과 공원,
지붕 낮은 가게들과 스토리가 있으면 좋겠는데...

지난주엔 부산 갔었다.
구포역에서 혜득이 만나 웃으며 얼싸안았다.
앞집의 으아리는 그 새 다 졌고 능소화가 한창이었다.
온천천을 걷는데 맑은 개천에서 바다와 미역 냄새가 났다.
처음 듣는 소리라며 그럴 리 없다는데... 정말 그랬다.
"이 개천이 어디로 가니?"
"수영천을 지나 바다로 가요."
거 봐... 바다 냄새가 거슬러 온 거 맞아...

범어사에 갔다.
내 흑백 사진에 찍힌 범어사는 없었다.
정리된 뜨락은 방금 세수한 듯... 늙은 백일홍은 은근했다.

250

물도 마셔보고 주변의 산과 경내도 둘러보고
돌다리 건너 장미 넝쿨 아래서 사진도 찍었다.
모퉁이를 도는데 사람들이 줄을 선다.
공양 밥을 먹어야 한다고 해서 엉거주춤 쟁반에 받았다.
나물 세 가지와 두부찌개 그리고 콩나물국이었다.
마음 나스리고 밥까지 공짜로 먹고... 감사합니다.

금정산에서 나오는 물이 좋다는 목욕탕에도 갔고
매일 여러 군데 다른 밥집과 맛집도 다녔다.
지하철 타고 꽃과 식물이 있는 동네도 갔다.
옹기종기 앉은 난장과 골목골목 예쁜 마당도 구경했다.

'사모님 계시던 때엔 귀한 손님 왔다고
나비가 세 마리씩 오더니
오늘은 한 마리만 왔네요... 가신 거 아나 봐요.'

답글 쓰려는데 자꾸만 손이 미끄러진다.

122. 일본 수출규제

2019년 7월 4일. 목.
맑다. 32도.

나날이 기온은 올라가고 초복 준비하는구나.
아침 안개 낀 거 보니 오후엔 엄청 더워질 것 같다.
중국 남부 어딘가 하지를 맞아 도시 전체에서
개 만 마리가 도살당했단다.
세상에나... 어찌 이런 뭐 같은 일이 있나...

입맛 없고 불쾌한 여름엔 시원한 보리차에 밥을 말아
굴비, 오이지, 무말랭이 무침이 제일이다.
아무튼 나는 여름 특별식은 생각해 본 적이 없다.
아롱사태에 청양고추 넣은 장조림이 그 중 개운하고
열무김치에 메밀국수 말아 삶은 달걀 얹고...
말 나온 김에 도토리묵 좀 만들어야겠다.

일본의 아베가 여러 트집 잡아
오늘부터 한국에 수출규제를 한단다.
최대 흑자국인 우리를 흔들면 즈이 경제는 괜찮으려나.
주위의 싱크탱크 역량을 과대평가했는지 몰라도
혹은 미국과 중국의 무역전쟁을 흉내 내며
한국쯤은... 하며 얕잡아 본 것도 있으리라.
우리 국민의 저력을 과소평가했구나...

아니면 소위 ○○○의 찌라시나 편향 기사에
한국정부도 삼성도 '탁' 치면 '억' 하고 무너질 줄 알았나.

분명한 건 우리는 지금 '떠오르는 한국'이다.
조선의 당파싸움에 매국노의 놀음이 먹히던 시대 아니다.
수많은 역경을 이겨낸 깬 시민들이 만들어낸
수준 높은 자유민주주의 대한민국이다.
물론 안일하게 준비 못한 산업현실을 통감하고
여러 곳에선 우왕좌왕도 눈에 띈다.
이것을 아베가 노린 것도 맞고 일시적 멘붕도 맞다.

원자재의 다변화, 기업과 정부의 한 목소리...
언론들도 침착한 대응은 하되, 국민 겁주기는 절대 안 된다.
'이렇게 되면 우리 반도체는 끝장나는데...'
일각에선 마치 우리가 무너질 것처럼 호들갑 떠는데
세계는 항상 이해타산에 따라 움직여 온 것 알잖은가.
상대가 일본인 건 어떤 면에선 다행이다.
지피지기 백전백승... 자 이제부터 시작이다.

123. 마당 있는 집

서울시에서 폭염주의보 문자가 왔다.
네... 조심할게요.
오징어와 호박, 양파, 부추, 청양고추 넣어 부침개 만들었다.
이런 날은 집 콕 하며 맛있는 거 먹고 영화 봐야 한다.

새벽에 부엌에서 물을 마시며 창문을 열었다가
순간 확- 하고 들어온 냄새에 깜짝 놀랐다.
이 도시 한 복판 고층에서 숲 냄새 비슷한 걸 느끼다니...
요즘 내가 '살고 싶은 집'에 매몰되었나 싶다.
생각과 현실의 괴리, 나이가 주는 한계를 알아야지...
적절한 자기최면이 필요하다.

엄마 돌아가시던 그 해
내가 막 이사하고 엄마는 갑자기 입원하고
막내도 일을 시작해 바빴던 차에 올케언니 전화가 왔다.
"저한테는 얘기 안 해요. 고모한테 직접 할 말이 있대요."
병원에서 엄마는 비밀처럼 소근거렸다.
"앞마당이 넓은 집을 사... 아담하게 집 짓고..."
"엄마 알잖아... 방금 새 아파트 산 거..."
그것이 엄마와 나눈 마지막 대화가 되었다.

그 말이 씨가 되었는지

새 집이 마뜩치 않다가 급기야 일 년 만에 팔고 말았다.

올케언니는 엄마 유언인데 잘 생각해 보라고 했다.

도대체 엄만 왜 내게 그런 말을 했을까...

내가 좋아하고 꿈꾸던 것들을 알고 있었을까...

하지만 저해있는 성횡으로 그럴 기회는 오지 않았다.

시간도 많이 지났건만

가끔은 마당 한 켠에서 빨래 널고 있는 나를 본다.

봉숭아꽃 가득 핀 우물곁에서 손 씻는 나도 보인다.

담벽에 얼굴 내민 석류꽃 아래 환히 웃는 내가 서있다.

저만큼 초록지붕 옆으로 '빨강머리 앤'이 걸어온다.

어머나, 내 앞을 지나며 뭐라 그런다.

개망초 핀 개울에서 돌판 얹어 고기 구워 먹자고 한다.

금방 찧은 쌀밥에 겉절이 양푼 가득하고

오리나무 가지 꺾어 젓가락 쓰니 빈손으로 오란다.

"알았어... 언능 갈게..."

124. 아… 한국

'언젠가 달걀은 걸어서 나간다.'
아프리카 속담인데 마냥 기다리면 될까.
아니지. 좋은 부화장에 온도 습도 맞춰야지
그래서 만델라는 27년을 기다렸고 우리는 행동했던가.

이 바쁜 때에 꿈을 가지지 말란다.
꿈꾸는 시간에 더 많은 경험하고 돈 모으라 한다.
'돈'이 꿈을 이루게 하고 살아갈 힘이 되니
헛된 것에 시간 쓰지 말고 현실적인 안목에 투자하란다.
당장 '우리 나이'는 모든 게 다 만만찮다.
내가 부뚜막의 소금이어도
음식에 넣지 않으면 그냥 부스러기일 뿐이다.

오후부터 비가 내린다고 했다.
중부 이북에는 '마른 장마'로 강이 구실을 못하고 있다.
국제 정세는 더 메마르고 복잡하다.
영국의 주미 대사가 트럼프에게 볼멘소리 하다가
대사 만찬에 초대도 못 받자 경질(사임?) 되었다.
이란은 국제 원자력의 충고 무시하고 떠든다.
'우리를 공격하면 미 함대를 핵으로 날려 버리겠다.'

미국은 핵 없고 누구는 입이 없어 말을 못하나
한편 미국은 일본을 구슬러 중국 밟는 프로젝트 짜느라
터무니없는 수출제재 같은 이슈를 눈감아 준 것 같다.
우리가 뒤늦게 쪼그랑 바가지 좀 긁어 보지만
일본과 계산 끝낸 미국은 듣는 척도 안 한다.

아... 반도에 웅크린 새끼 호랑이...
열강들은 국익 계산서 들고 한국의 상태를 체크 중이다.
우린 발가락 빨며 '비오면 비 맞고' 여기까지 왔다.
또 바람 불면 날아갈까 붙잡고 단도리 하는 중에
일본의 날벼락을 맞으며 잠깐 혼미하다.
우리는 원자재를 가공해 완제품으로 수출하는 구조인데
어떤 품목은 일본에서 전량 수입하다시피 했다.
이것을 아베가 노리고 대화도 필요 없다고 건방을 떤다.
당황하긴 해도 우리의 디지털화는 세계와 연결되어 있다.
최선과 차선은 만들어 놓고 사업하지 않는가.
언론만 입방정 조절하면 된다.
적어도 '플랜 B,C...'가 있는 대한민국을 믿는다.

125. 내 딸 생일

2019년 7월 13일. 토.
맑다. 30도.

어제가 초복이라고 했나.

아침에 아무개가 삼계탕 먹자고 해서 대답은 했는데

빨래 걷어 개는데 괜히 한숨이 나온다.

더위가 아니라 새벽에 악- 하고 깨니 온몸이 아팠다.

꿈에서는 뭔가 아니라고 애를 쓰고 소리 질렀다.

어젠 딸의 생일이어서 선물 대신 현금으로 보냈다.

카톡을 쓰는데 이름만 불러도 목이 메었다.

내 살아오면서 가장 의지했고 도움 받았으며

내 힘든 날들을 함께해 온 고맙고 예쁜 내 딸...

세상살이가 아둔한 나를 살뜰하게 챙겨준 내 딸...

모두를 아우르는 성품에 영리하고 재주 많은 아이...

그때가 언제쯤이었나.

여섯 살 딸이 다니는 유치원을 가니 아이가 보이지 않았다.

선생님이 내게 피아노 쪽을 가르킨다.

갈래 땋은 머리를 하고 야무지게 피아노를 치고 있었다.

"지금 간식 시간을 알리는 노래를 치고 있어요."

"어머나... 제 딸은 피아노 배운 적이 없는데요."

기다렸다가 함께 손잡고 오며 슬쩍 물으니

선생님이 칠 때 옆에서 건반의 음을 다 외웠다고...
"엄마... 유치원 노래는 다 칠 수 있어."

윤숙이 목소리에 기운이 하나도 없다.
올 여름엔 그냥 저냥 만사가 귀찮단다.
내가 가죽 만지며 부지런을 떠는 게 이해 안 될 뿐더러
놀러 다녀도 시원찮을 나이에 웬 '삼복 청승' 떠냐고 한다.
"그래도 저번 가방은 명품 안 부럽더라 얘..."
참말인 듯 좋아서 갑자기 내가 고맙고 대견하다.

따뜻한 카모마일 차를 만들어 창 쪽으로 앉았다.
목도 눌린 듯하던 오른쪽 어깨도 한결 가벼워졌다.
점심은 다음 기회로 하자고 얘기했다.
대신에 계란 몇 개 삶고 포도 씻어 놓는다.
부동산에서 전화가 온다.
집 팔란다. 내일 3시쯤 집을 봤으면 한다.
"근데... 얼마에 파는데요?"

126. 그 시절…

어젠 신설동 가죽 거리에서 무심코 들어선 가게에
젊은 여자 둘이 가죽을 고르는데 전문가 수준이다.
그들이 근사한 '세미 베지터블'을 사고 떠난 후
나도 검정 '사피아노'와 안감으로 염소 가죽을 샀다.
막내를 위한 클러치백을 만들 참이다.

드디어 지난 주… 밴드 '호피폴라'가 우승했다.
근사한 팀들이 많아 엄청 즐거웠는데
특히 이 팀의 장점은 개개인의 개성, 선곡, 상상력으로
관객의 흥미를 이끌어낸 출중한 퍼포먼스였다.
'듣는 귀'와 '보는 눈'의 어울림이 드라마틱했다.

우리는 무슨 일이 생기거나 어떤 일을 할 때
무의식적으로 자신이 알거나 경험한 부분을 꺼내게 된다.
그래서 지금의 그것이 너의 얼굴이며 수준이란다.
그 시절… 우리는 '학원' 같은 잡지 외엔 볼 것조차 없었다.
다행히 우리집은 조,석간 두 개의 신문을 보았고
'우경희 삽화'의 연재소설은 내 하루의 시작이었다.
'빛이 쌓이는…' 안석규의 낡은 코트, 휘청거리던 슬픔은
지금도 비 내리면 마주치는 스냅 사진이다.

나는 60년대 한동안 팝이나 포크송에 빠졌었다.

앤디 윌리암스나 토니 베넷, 브렌다 리...

그외 숱하게 많았지만 '비틀즈'가 단연 아이콘이었다.

그들의 모든 스타일이 그들 음악과 함께 정의 되어져

오랫동안 비교할 수 없는 확고한 위치를 점했었다.

헤이 쥬드에 맞춰 곤봉 돌리넌 옆집 남자도 생각난다.

나를 사로잡은 레코드 수집도 있었다.

내 용돈으로 처음 샀던 LP '스와니 강, 언덕위의 집...'

또 '폴 모리아 악단'의 잔잔함을 즐기던 내게

큰오빠가 선물한 '만토바니 악단'의 웅장함(?)이라니...

그때의 흥분과 짜릿함은 정말 잊히지 않는다.

언젠가부터 생각을 정리할 때 비틀즈의 Imagine을 듣는다.

가장 편한 자세에 눈을 감고 두 손을 아무렇게 내버려 둔다.

벳 미들러의 From a distance, The rose...

저 너머 강이 흐르고 들소들이 한가로이 풀을 뜯는다.

아... 맨발의 내가 활짝 웃으며 걸어 온다.

127. 삼복더위

열린 창으로 밤사이 '비'가 들이쳐 엉망이다.
그 옆구리에 있던 일기장도 쭈구리 되었다.
며칠 동안 혼자 이리 저리 바빴다.
그저껜 살던 동네 가서 페디큐어 좀 하고 커피를 즐겼다.
그리고 오후에 집을 팔았다.

어젠 간만에 마트에서 시장을 잔뜩 보았고
하루 내도록 종종걸음으로 보낸 듯하다.
이제 내 손 떠난 그 집에 미련은 없지만 그냥 좀 그렇다.
정말 이리 쉽게 결정할지 몰랐다.

올해는 1919년 삼일운동 100주년 되는 해이다.
일본으로서는 지금 한국의 싹을 자르지 않으면
10년 안에 그들을 깔아뭉갤까 염려해
미리 겁주고 손본다는 건데
느닷없이 우리의 아킬레스를 걸어 찬 뒤
절뚝이는 꼬라지를 봐가며 2, 3차 어쩌려고 했다지만
작금의 그들 정치와 연계된 손익 카드를 보니
그 이후도 아날로그 셈법이라 걱정할 것 없을 듯하다.

당신들 목표가 문재인 정부였나?

눈엣가시를 혼 좀 내보려는데

열씨구, 한국 모 언론에서 꽹과리를 쳐주네...

부화뇌동해 질투에 방울 달고는 쥐 잡듯 까불었다.

'나... 이럴 건데, 이렇게 해도 한국 너네가 어쩔 건데?'

그러나 위대한 대한국민이 아베보다 휠- 똑똑해

한 마음으로 뭉쳐 그들에 대한 전 방위 보이콧 돌입했다.

기숙이는 광명 동굴로 피서 겸 놀러 가잔다. '좋지.'

복실이는 동대문 시장에 볼 게 있으니 가잔다. '알았어.'

윤숙이는 시골에 안 가냐고 날짜 잡으란다. '8월에 가자.'

저 건너 아무개는 금 30돈을 팔았단다. '그랬구나.'

덥고 힘들고 다 귀찮아서 정리했단다.

허긴 나도 가만히 잘 있는 집도 팔고... 뭔 일인지 모르겠다.

오늘 공방에서는 점심으로 '피자' 몇 판 쏘았다.

"오늘... 무슨 날이에요?"

"비 오는 날요..." 내가 웃으며 말했다.

128. 더위 먹다

편도염에 콧물까지... 말이 아니다.
비와 여름이 티격태격하는 와중에 나 혼자 힘들다.
아침에 근근이 준비해 이비인후과로 나섰다.
젊은 여의사는 친절했고 진료 후 수액 맞기로 했다.
내 기력이 나를 비웃는 듯 스르르 침대로 내동댕이친다.
에어컨은 시원하고 전기장판은 따뜻한 게
무슨 조화가 이리 퍼펙트하냐...

어젠 길게 누워 하늘 쪽으로 시선을 두고
유키 구라모토 〈Meditation〉(with orchestre) 듣는데
숨 쉴 때마다 뜨거운 호흡에 눈물 콧물은 흐르건만
누가 부른 듯 깡총거리며 들판으로 달려갔다.
어디쯤이었나. 아이리스와 라벤더에 눈 시려온 그때
샐리가든... 아이리쉬 휘슬이 내 목덜미에 감긴다.
저만큼 뭉게구름이 구릉 언저리에 걸려 있다.
그곳에 가서 누울까... 한참을 눈물 닦으며 걸어갔다.

지난 한 주일 간 날씨도 안 좋았고
흐리다, 비 오다, 무덥다... 힘이 든다고 느꼈다.
그래도 검정 클러치백... 막내 이름 새기며 완성했고

비와 땀에 헝클어진 머리로 가고 싶은 온 군데 쏘다니고
머릿속과 마음속이 한통속 되어 까부르는 줄 모르고
'아직은 열정' 어쩌구 하며 나를 안심 시키고
괜히 들떠서 체력 무시하고 주제넘게 놀더니
내 아플 줄 진즉에 알았다.

누가 어떤 분을 추모 하며... 치매가 있긴 했어도
'너그럽고, 상상력이 풍부하고, 친절하고, 정신력이 강한...'
어떤 일상이 이런 노년을 유지할 수 있었을까.
훌륭하게 사는 법... 배우긴 늦었고 올바르게 사는 건
어느 정도 알고 있으니 제발 나대지 말며 분수 좀 헤아리자.

막내가 과테말라 아라비카 커피를 사 왔다.
한 모금 넘기자 향기와 맛이 온몸에 기분 좋게 퍼진다.
공방에 전화 해 2주 정도 쉰다고 해야겠다.
다음 주는 입추... 더위 먹은 감기는 살살 달래면 될 것 같다.
하루하루가 얼마나 소중하고 감사한지...
무르익은 여름에게 꾸벅- 인사한다.

129. 일본의 도발

온 나라가 열기로 가득 차 있다.

구름조차 하늘에 붙어 겨우 숨 쉬는 듯하다.

어제 경기도 안성은 38도를 넘었다더라.

대프리카는 영문도 모르고 1패...

나도 평생 처음 알았다. 그 동네가 그리 치고 나올 줄...

일본이 한국을 백색국가 리스트에서 제외한단다.

1,100개 품목 수출 제한이라...

무슨 전쟁 선포하듯이 의기양양, 자신만만이다.

그들 정부와 언론이 함께 국익에 부합되는 조치란다.

글쎄... 다 계획하고 대책 만들고 하겠지만

우리가 넘어지면 연결된 줄 잡고 있는 너희는...?

아베의 근시안적 좀팽이 작전이 한 세기 전엔 먹혔을라나.

지금의 한국은 세계를 상대로 영업하거든...

우리가 준비 안 되어 있다고? 하면 되지.

당장 타격 입고 쓰러질 때 밟아 버린다고? 뭔 소설 쓰냐...

너희만 갖고 있는게 뭔데? 세계가 웃는 거 보이냐?

아날로그 수준으로 최고인 양 떠들면 안 되지.

우리는 차원 다른 해법으로 미래로 가느라 바빠...

너희처럼 우물 안에서 촐싹대는 것 말고...

일본 정부... 요즘 더위 먹은 거 확실하네...
헛발질 하는 걸 보니 도쿄 42도... 정말인가 보다.
요즘 시쳇말로 방사능도 같이 먹었냐.
웬 헛소리, 헛 품새에 미심쩍은 일 투성이니 밀이다.
욕심과 아집에 갇혀 헛꿈 꾸는 아베와 아소 다로의
어처구니없음에 '여름'도 기가 찬 모양새다.

그들이 꿈꾸는 군국주의 부활, 식민시대가 올 것 같지 않자
초조한 그들이 꾸민 조잡한 구시대적 환상에
세계는 조용히 구경하고,
미국은 갸웃대며 방관하고, 우리만 숨이 가쁘다.
일본은... 한국이 대단한 멀티라는 걸 믿기 싫겠지만
어떤 상황에서도 기죽지 않는 정신력, 지구력에
타고난 감각, 넘볼 수 없는 끼와 흥, 기술까지...
세계무대에서 누가 승리하는지 곧 보게 될 것이다.

130. 여름 섭생

2019년 8월 8일. 목.
그냥 그런 날씨. 33도.

내 감기는 내 몸속에서 살고 싶은 모양이다.
어젠 기관지 쪽이 안 좋은 듯해 내과를 다녀왔다.
며칠 전 안성 고삼면... 40도를 찍으며 헉- 소리 나던 날
열과 땀이 범벅되어 이냥저냥 슬프고 아렸다.
에어컨은 으슬거리고 선풍기는 기분 나빴다.

부산에 온 태풍 프란체스코는 동해 어디로 갔다던가.
어젯밤, 미지근한 샤워하고 라디오를 켜니
최백호의 낭만시대가 거의 끝나간다.
'기분 좋은 밤' 들으면 정말 꼴깍 새니 아예 껐다.
눈 감은 채 세 글자 끝말잇기도 하고
서울시를 그려 놓고 구청을 시계 방향으로 짚어 나간다.
'도봉, 노원, 중랑, 동대문, 강동, 송파, 강남, 서초...'
다시 구청을 정하고는 내가 아는 동들을 꼽아본다.
얼씨구... 의외로 알고 있는 동네가 많네...

막내가 '꼬막 비빔 덮밥'을 사왔다
씹히는 꼬막을 천천히 즐기며 주문처럼 속으로 말한다.
칼슘과 비타민 아미노산이 풍부하고
갖가지 야채는 원기를 돋으리라 감기를 이기리라

따뜻한 보리차는 열을 식히고 진정 과 수분 보충하며...
아... 내일은 또 어떤 것으로 내 기를 살릴까.

감기는 은근히 힘들어서 자신을 돌아보게 한다.
무얼 소홀히 했기에 바이러스가 날 우습게 봤을까.
원인도 핑계도 찾다가 살아갈 디딤돌도 만져 본다.
아이는 아플 때마다 한 뼘씩 크고
청춘은 아픈 만큼 성숙한다는데
노인 된 우리에겐 희망고문이 없다는 걸 알아야지.
서럽고 아프고 나약해진 오늘만큼은
물은 아래로 흘러 내려갔음을 알고 내려놓아야겠다.
언제나 부를 수 있는 하나님 계시고
마음 나눌 음악, 그림, 영화, 친구도 있고
내 마음대로 섭생할 수 있는 여유도 있다.
무엇보다 아량 (속이 깊고 너그러운 마음)을 가지고
돌봐주는 내 막내아들... 사랑하고 사랑해...

131. 흙탕물

시원한 바람으로 아침 시작했다.

일본을 지나간 태풍 탓에 어젠 비 많이 내렸다.

아직은 구름들이 엉키다가 한 번씩 햇살 보여 준다.

오랜만에 코스트코에서 셋이 쇼핑도 하고 수다 떨었다.

점심과 커피를 근처에서 하고 늦지 않게 돌아 왔다.

아직은 몸 상태에 대한 조심 필요하다.

누가 하도 마음 성가셔서

이사람 저사람 밀어내고 보니 아무도 없더라고 했다.

그만큼 친구 되기도, 만들기도 어렵다.

'진실성이 없어서, 이기적이어서, 공짜만 좋아해서,

비밀 많고 솔직하지 못해서, 돈만 밝혀서, 입이 헤퍼서...'

그렇게 하나 둘 마음 쓰여, 다 물리치고 나니

간신 같은 이 라도 옆에서 거들던 때가 그립노라 했다.

그렇게 긴가민가 사는 게 세상살이란 걸 다 늙어 알았다.

'맑은 물 찾으니 고기 안 놀더라...'

정자에 앉아 신선놀음이라... 적막에 외로움 어이 할꼬.

나도 흙탕물 언저리 작은 집 얻어 앉아 있다.

예전엔 물 튀길 때 마다 창문 여닫으며 궁시렁댔다.

몇 번 당기고 밀고 나면 몸살이 와서 손해도 많았다.

요즘엔 적당히 열어 놓고 참견도 구경도 하며 놀고 있다.

누가 어쩐들 눈과 귀도 조금 어둔해 괜찮다.

또 저렇게 한들 어쩌고 할 마음도 기운도 없다.

방순이가 특이한 꽃 사신을 보냈다.

'해마다 딱 한 번 피는데 올핸 벌써 두 번 피었다.'고 했다.

'좋은 일이 있으려나 보다.'

그렇게 답글 쓰는데 웬걸 나에게 말해주고 싶다.

서영은의 '꿈을 꾼다...'

그냥 자신이 없어서 주춤했었다.

미적거리는 나를 키우느라 올여름이 고생 많았다.

하루가 힘든 모두에게 그녀의 목소리가 손을 내민다.

자꾸 못나 보이고 맘에 들지 않는 오늘이 곧 지나가니

한걸음씩 내일을 같이 걸어가자고 한다.

그래요, 함께 가요!

132. 혼자 웃는 이유

2019년 8월 19일. 월.
맑다. 32도.

우체국 가는데 땀이 흐르면서 좀 어지러웠다.
얼마 남지 않은 더위... 엄살떨며 보내면 안 되지.
큰 아들네 보낼 것들 박스 고르고 테이핑 하는데
어설퍼 보이는지 직원이 와서 도와주었다.
나흘 정도 걸리고 요금은 51800원. 고마워요...

딸에게서 꿈이 안 좋으니 조심하라는 전화가 왔다.
어떤 사람들이 자꾸 내게 뛰어 내리라고 하고
머뭇대는 나를 획- 잡아당겼다고 한다.
나도 얼마 전 일본의 아베 부부가 검은 정장을 입고
우리 집에 온 꿈 얘기를 했다.
이번에 긴 감기를 한 것으로 퉁 치면 좋으련만...

그저껜가 성수역에서 신설동쪽 전철 기다리는데
스크린 도어에 '정약용'의 시가 써있었다.
'혼자 웃는 이유'... 제목 읽는 도중에 기차가 왔고
집에 오자마자 인터넷으로 찾아 읽었다.
옛날에도 지금도 어쩜 살아가는 건 이리도 비슷하냐.
예전 학교에서 배운 〈목민심서〉밖에 몰랐는데
18년 귀양살이, 800권의 책, 23편의 시를 썼다라...

272

'존경합니다. 정 선생님...'

희령이가 안부 전화했다. "괜찮니?"
엉... 이제 다 나았어 고마워...
이번엔 영자 전화다. "별일 없니? 난, 별일 있어..."
다리가 부러져 깁스했는데 짜증 시대루란다.
덥고 가려운데 일은 많아 다리 끌며 전원살이 중이다.
얘기만 듣는데도 내가 돌아가시겠다.
일하는 거 좋아하더니 밭고랑에서 넘어지고
텃밭 넓으니 자꾸 욕심대로 키우게 되고
옆집에서 뭔 묘목 심는다면 덩달아 심게 되고
그래서 베리 종류 100주 심었다고 자랑 하더니만...
"아픈 다리 잘 달래서 이번엔 깁스 꼭 풀어."

나만 힘들다고 짜증내거나 하면 안 되겠다.
나만 덥고 아픈 게 아니란 걸 온 주위 사방에서 듣는다.
'혼자 우는 사람...' 있는지 돌아보지 못했다.
내 감기만 갖고 난리 쳐서 정말 죄송합니다.

5장

133. 강한 국가 되기

항가리에서 승용차 충돌로 한국인 3명이 죽었다고 한다.

얼마 전 유람선 사고로 몇십 명 죽었는데 또 사고라...

시리아 난민에 대한 그들 정부의 대처도 그렇고

국경에서 난민들을 취재하던 헝가리 사진기자가

어린 딸을 안고 정신없이 쫓기는 중년의 아빠에게

발을 걸어 넘어지게 하던 장면이 생각난다.

나중에 그 여기자를 UN에서 고발했다고 들었다.

소련의 위성국가로 수십 년간 전전긍긍 하던 그들 아닌가.

좀 살게 되었다고 역지사지를 모르고 뭔 짓을 하는가.

강한 국가를 목표로 우리도 부단히 노력 중이다.

연합할 국가도 현재로선 불투명이고

동맹도 이해에 따라 궤를 달리 하더라.

현재 우리는 일본의 얍삽하고 어리석은 짓거리들...

겁주고, 치고 빠지는 그들 정부와 언론을 주시하고 있다.

강한 척, 괜찮은 척, 민과 관이 손잡고 난리 부르스 떨지만

우린 그들 모양새만 봐도 안다.

털 빠진 당나귀가 이빨까지 빠져서 비틀거리는 걸.,,

대원군의 쇄국으로 문 닫고 우리끼리 싸우는 동안

그들은 서구의 문물과 지식, 총으로 우릴 눌러 버렸다.
어느 당과 언론은 몇 십 년 뒤쳐져 힘드니 타협하란다.
우린... 지난 세기엔 몰라서 당했고 없어서 당했다지만
작금의 수치를 보면 누가 앞지르나 보게 될 터...
즈이들이 국회 문 잠그고 싸움박질 하는 동안
국민들은 세계현장에서 치열한 실전 업그레이드해 왔다.
세상 돌아가는 눈치나 살아 남는 거는
돈이 좀 없는 거 빼면 일본보다 훨씬 앞서거든?
에고... 쯧쯧... 배알도 없나 보네.

월요일에 보낸 소포가 도착 했다는 것과
덕분에 식구들 모두 즐거웠다는 전화를 받았다.
며느리는 코바늘 가방에 덧댄 가죽 손잡이가 멋지다며
같이 보낸 샌달 신고 즈이 남편 데블러 갔단다.
"어머니, 딱 맞는 사이즈며 모양, 색깔까지... 넘 좋아요."
다행히 아들도 셔츠가 잘 맞는다고 했다.
손자 준이도 가죽 팔찌 하고 외출했단다.
덩달아 나도 기쁘고 고맙다.

134. 국치일

1910년 오늘, 국권을 빼앗겼던 수치스런 날.
어제 저쪽 동네 어느 군수가 강연하면서
'위안부는 한국뿐 아니라 다른 나라도 다 갔다.' 미친...
아니... 인간, 인권의 기본 이해도 없는 그가
어떤 교육을 받고 과정을 거쳤으며
도대체 어떤 국가관을 가지고 지금의 자리에 있는 걸까.
과연 우리는 어디를 향해 분노해야 하나.
진정한 리더는 드물고 후안무치의 그들이 떠드니 걱정이다.

그 당시 우리 국민을 치욕에 빠트린 그들은 누구였나.
조상 덕에 얻은 부와 권세를 앞세워
국민을 겁주고 울게 한 자들이다.
그런 그들 기득권은 일신의 양명을 위해
일본에게 기생해 온갖 이권 챙기며 나라를 넘긴 것이다.

아버지는 1907년생이다.
영특했던 아버진 서당에서 더는 가르칠게 없다 해
학교 들어가서도 우등을 놓친 적 없었단다.
어느 날 일본 주임선생이 불러 세워놓고 한참을 보더니
"자네는 학과목도 뛰어나고 신체도 우수하고..."

276

이리저리 묻고는 일본인 아닌 걸 아쉬워했단다.

아버지는 100세에 백내장 수술을 받으셨다.
담당 의사는 이 나이의 수술은 처음이라 했단다.
뵈러 간 나는 대화 말미에 일본을 도저히 모르겠다고 했다.
"좋은 사람노 많시만... 시독한 사람도 있지..."
"자원 없는 우리는 연구와 설비투자를 아끼면 안 돼.
최첨단의 생산기지와 수출 전반의 경쟁력을 높여야 해."

경찰버스가 대법원을 겹겹으로 둘러싸기 시작했다.
오늘... 박 정권의 '뇌물 커넥션 3인방' 항소심 판결이다.
서로가 얽혀서 주고받은 이익과 편법의 드라마를
어찌 풀어 나갈지 국민들의 모든 시선은 모아졌다.
마침 일이 있어 근처로 내려오니
태극기 든 노인들이 군데군데 앉아 있다.
광복 후 70년이 넘도록 듣고 배우고 가르치건만
도대체 왜, 우리는 지금도 힘든 역사를 반복하는 걸까.

135. 여름 간다

2019년 8월 31일. 토.
맑다. 28도.

뭉게구름이 하늘가득 몽실몽실 떠다닌다.
내 살던 동네 나지막한 담장 너머
흘러가던 구름과 왜 이리 비슷하냐.
패션후르츠가 올망졸망 열려있던 낮은 울타리엔
일찍 놀러온 흰 코카투 몇 마리가 늘 아침 먹고 있었다.
한 발은 딛고 한 발은 열매 들고 먹는 게 아이 같다.
나를 힐끗 보곤 안녕? 그리고는 먹던 일을 계속한다.
부겐빌레아 넝쿨이 창 안으로 고개 내밀던 아침이었다.
그때가 얼마나 아름다운 시간이었는지 몰랐다.

그런 날들이 계속 이어지고
나는 그렇게 살아가면 되는지 알았다.
내가 나이 들어간다는 걸 왜 상상조차 못했을까.
아이들이 하나씩 공부를 끝내고 사회에 발을 딛을 때도
나는 내 좋아하는 것들 하느라 분주했다.

김광석의 〈서른 즈음에〉... 처음 들었던 육십 즈음에
아직도 젊은이인 듯 몇 주씩 여행 다녔고
매일 조금씩 이별하며 사는지는 더더욱 몰랐으니...
사람들은 태평스런 그런 내게 물었다.

"그래서... 성공했어?" 내가 멍하니 보았다.

"자식들 '사'로 만들었냐고? 판검사, 의사..."

아이들의 직업에 대해 간섭한 일도 없거니와

그런 말을 아무렇지 않게 묻는 게 오히려 이상했다.

세상을 이끄는 수많은 일들은 다 뭐란 말인가.

주변에선 그런 내가 이해 안 된다는 듯 고개를 갸웃 했다.

오늘은 8월 마지막 날.

누군 화양계곡에, 아무개는 강원도 리조트 다녀왔다.

다들 여름 얘깃거리가 넘치는데

난 감기 앓은 것밖에 일이 없어 가만히 웃었네...

면역과 감기에 좋다는 연잎 차 꺼내 뜨거운 물에 우리고

무화과 두어 개 꺼내 껍질 벗긴다.

까치 몇 마리가 싸우며 창문 근처에서 소리 지른다.

놀란 내가 일어서고 막내가 들어선다.

"엄마, 오늘까지만 일 하고 그만 두기로 했어."

시원한 수박을 꺼내 자른다.

136. 다 고맙습니다

구월이 왔다.

달라진 건 없어도 그냥 구월이 좋다.

안양 포도밭에 가서 포도 한 송이 달게 먹고

다음날 아침에 제3한강교를 건너 순천향에 갔었다.

그 어둑한 저녁에 아이를 만나 벅차오르던 순간

저절로 나온 '하나님 감사합니다.'

감사는 내가 어디에 있든 어느 상황에 처하건

처음은 물론 마지막에도 함께할 말이다.

아들의 양육을 맡겨 주신 것, 정말 감사했습니다.

어제 오랜만에 공방에 갔었다.

끝나고는 슬슬 동네 한 바퀴 돌며 구경했다.

6개월 동안 바쁜 척 겉으로만 보고 다녔는데

가만히 보니 작은 재래시장이 서너 골목 아기자기하다.

손님 많은 집에 들어가 메뉴 첫 번의 순대국을 주문했다.

부추 듬뿍 넣고 새우젓 넣어 맛있게 먹었다.

근처에서 야채를 사고 계산 하는데 아저씨가 웃는다.

"장사 시작하고 젤로 멋진 손님이 왔네요."

어머나, 고맙습니다... 같이 웃었다.

조금 전 충무로에서 일 보고 명동 들어서며 깜짝 놀랐다.

와우... 사람도 많고 예전 분위기도 아니다.

짐작해서 칼국수 집을 찾아 자리 잡고 주문했다.

선불이라고 해서 물어보니 9천 원이다.

나는 4천 원 할 때 먹었나... 언제쯤인지도 모르겠다.

그때 서울에 잠깐 들어와 점심 먹고 나오는데

이 골목 저 골목에서 흘러나오던 경쾌한 노래...

나는 궁금해서 가게 속의 젊은 남자에게 물었었다.

"코요태의 〈순정〉이란 노래예요."

나는 김종민과 그들이 여태껏 이유 없이 좋다.

남대문 시장으로 올라가

아이들에게 보낼 양말을 잔뜩 사고

만물상회에서 우선 필요한 것들 몇 개 구입했다.

개고리들과 자석 단추 그리고 사선 그리퍼 3.84로 샀다.

그리고 저쪽 골목에서 잘 말린 가자미도 몇 마리 샀다.

그렇게 하루가 기우는 오후에 돌아와 씻고

향기 좋은 커피를 마신다. 모든 게 다 고맙습니다...

137. 꿈꾸며 살기

2019년 9월 6일. 금.
흐림. 30도.

햇빛 나다가 흐리다가... 그저 그런 날씨다.
남쪽 먼 바다에서 태풍 '링링'이 올라오고 있다.
준비할 것은 없지만 창문 단속하고 장도 봐야겠네.
어젠 빗속으로 공방 가면서 나를 좀 꼬집었다.
'웬만큼 극성을 부려...'
88고속도로 들어서자 비 내리는 게 장난 아니다.
방음벽에 매달린 능소화, 지친 얼굴을 씻고 있다.
예전, 학교 외곽에 있던 최한재 선생님댁 마당에도
철 지난 가지 꽃들이 저렇게 비 맞고 있었다.
"추 우- 추 우- 내리는 비...
가을 추, 비 우, 빗소리가 이렇게 들리지 않아?"
교우지 편집하던 너머로 소년처럼 웃던 안소니 퍼킨스...
우리의 감성 깨워 주신 것, 고마웠어요...

사람들은 어떻게 하루를 시작하나 궁금하다.
누구는 습관으로 연속극 본다 했다.
또 뉴스로 세상 걱정하며 시작하는 이도 있다.
우리 나이에 알맞은 일상이라고 정해진 건 없지만
과욕 부리지 않는 적절한 목표 정도는 필요한 것 같다.
그건 누구나 갖는 기본인데 참견할 필요 없단다.

그래도 좋은 취미나 자기성장을 위한 공부도 필요하고...
나이가 몇인데 꿈 같은 소리 말라고? 그러니까 묻는 거지...

어느 한 사람도 마음먹은 대로 인생 살아지던가.
나이 관계없이 작은 목표라도 정해놓고 살면
일단 꿈꾸는 동안 행복하고 막연해서 희망적이다.
이루어지지 않아도 꿈이어서 괜찮다.
기다림만으로도 마음이 즐겁지 않겠는가.

저 건너 팔십 부부가 살던 집을 리모델링해 이사했다.
다들 늙어서 주책 피운다고 뭐라고들 했다.
집부터 줄이고, 대강 살라고 했다.
하지만 부부는 마당을 덜어내어 가게도 만들고
한 뼘 땅에는 흙을 부어 텃밭을 만들었다.
집 만들어 가며 적당한 스트레스, 아이디어로 즐거웠고
지금은 키워 낼 식물이 있어 아침마다 설렌다고 했다.

138. 상담

희령이에게서 전화가 왔다.

눈도 안 좋고 인터넷도 못하니 뒷방의 보따리 신세란다.

그렇다고 밖에 돌아다닐 힘도 재미도 없고

"우선 제대로 된 안경을 맞추는 게..."

내 말 끝나기 전에 난시, 근시, 다초점... 좌르륵 나온다.

"요가는 어떨까..."

"운동은 무조건 싫어."

"운동 아닌 명상 개념으로..." 내 오지랖은 계속된다.

"가만히 눈 감고 묵상하듯... 마음 비우고, 호흡 조절하고...

몸과 대화하듯이 천천히 근육을 움직이는 거야.

마음도 눈도 밝아진다는 글 읽은 것 같아

우리 나이에 운동 되면서 마음도 닦는 일석이조... 좋지?"

어디서 읽었다구? 내 생각인들 그게 뭐 중요하냐.

중3 아이들 진로상담을 한 적 있었다.

매주 그룹은 13명, 한 달이면 52명을 만난다.

어느 날 눈썹 피어싱을 한 아이가 반쯤 누워 나를 맞았다.

"안녕?" 나는 웃었고 그 아이는 못 본 체했다.

조금 후, 자신은 몸이 아프니 신경 꺼달라고 했다.

나는 대답도 눈길도 주지 않고

어느 가난한 청년의 도전에 대한 얘기를 시작했다.
자신과 비슷한 또래의 얘기는 흥미가 있다.
다음엔 10년 뒤 각광 받을 직업군을 토론하며 정리했고
각자의 희망과 능력을 연계한 '직업' 찾느라 바쁜 중에
얼핏 녀석이 똑바로 앉아 있는 게 보였다.

아이들은 10년 후의 명함을 만들기 시작했고
완성한 아이는 차례로 내게 눈을 맞춘 뒤
선택한 직업에 대한 이유와 비전을 설명하게 했다.
녀석이 뭔가 끄적대며 흘깃거렸으나 모른 체했다.
얼마 뒤 끝마친 아이들도 하나둘씩 다 나갔고
출석 확인서를 챙기다가 녀석의 글을 보았다.
'쌤, 저는 꿈 같은 건 없어요.
근데요. 오늘부터 목표가 생겼어요...'

교문 쪽으로 걸어가는데 녀석이 나를 부르며 뛰어왔다.
주춤거리며 무슨 말을 하려는가 싶더니
갑자기 셔츠를 올려 배꼽의 피어싱을 보여 주었다.
그냥 말없이 끌어안아 주었다.

139. 나에게 일시키기

잔잔한 파도 같은 구름이 하늘에 깔려 있다.
매일을 이렇듯 신비로움을 연출하는지... 경이롭다.
창문을 열고 바람 맞는데 눈이 가렵고 코가 간지럽다.
뒤이어 재채기 몇 번 하고 이번엔 '귀'가 간지럽다.
지난주에 이비인후과 갔었고
귓속에 별 이상 없다는데 나는 괴롭다.
가려운 이것을 의사도 나도 모르니 어떡하냐.
눈, 코, 귀, 서로 작당해서 나를 왕따시킨다고라...
서로 내통하는 거 알고는 있지만 너무 그러지들 말어...

물을 주면서 보니 식물도 처진 놈, 목을 뺀 놈들 있다.
뿌리는 그 깜깜한 곳에서 얼마나 애를 쓰는 걸까.
산다는 건 보이지 않는 내일을 위해 오늘을 이겨내는 것...
○○ 씨가 전화해 내가 궁금해 풀어 보았단다.
이제 성격 파악이 되네 어쩌네... 주루루 펀다.
"자유롭고 솔직하고 뜨거운 사람이네..."
믿거나 말거나 비스무리 말 해줘서 헤헤 거린다.

명순이가 머리가 깨질 듯하고 다리도 아파 병원 갔었단다.
"우리 밥 먹을까? 뭐 먹고 싶은 거 없어?"

"넌 아파서 꼼짝도 하기 싫고..."
"그래... 그럼 몸조리 잘 하고 나중에 얼굴 보자."
나이 들면서 왜들 그렇게 병과 친하고 그러냐.
에고... 내가 내게 진정으로 묻고 싶은 말이다.

'모직' 헝겊 골라 9조각씩 붙이고 펠트 넣고 안감까지...
마지막으로 검정색 가죽 손잡이 달았다.
막내에게 지대루 가을 빈티지 가방 선물이다.
저번에도 운동복 바지 아래쪽이 찢어졌다길래
눈에 들어온 헝겊을 덧대고 마음 가는 대로 박았더니
누가 보곤 원래 그런 패턴인 줄 알았다던가.

떠오르는 것들 옮기면 마음이 즐거워한다.
입으로 한탄하면 몸이 알아차리더라.
생각을 바꾸고 몸을 움직이면 근육이 알고 뇌가 알아.
내가 나에게 할 일을 시키더라.
내 안의 나와 긍정적으로 묻고 답하며 노는 거...
아무리 생각해도, 내 철없는 에너지가 나의 잠재력이다.

140. 사수자리

아침 기온은 13도. 본격 가을에 들어섰다.
이브자리 새로 갈면서 정리정돈 한바탕했다.
모든 것은 달에 의해 움직인다라...
조수의 간만, 농사는 물론 사람의 몸과 마음도...
태양의 뒤에서 묵묵히 일하는 참모 이상의 역할이다.
갑자기 '킹 메이커'의 라이언 고슬링이 생각난다.

장단점까진 아니지만 나는 좀 낙천적이다.
한때는 내 안에 갇혀 혼란스런 시간 낭비도 있었다.
감정 조절에도 미숙했을 뿐더러 섣부른 판단도 있었고
내 의지와 상관없는 '세월아 네월아'... 많았다.
그래서 이익도 있고 손해도 있었다.
그래도 나만의 '패' 하나는 손에 쥐고 있어야 한다.
무엇이 자신을 움직이도록 해야 할까.

많은 실패는 경험이라는 장점이 되고
안 좋았던 일들은 좋아지기 위한 머릿돌이다.
내 안의 숨겨진 능력 끌어내어 동거동락하고
긍정적인 사람들과 시간 보내면 머리가 맑아진다.
정서적 교감도 절대 필요하다.

쉽게 말해 관심을 나누고 공감하며 소통하는 누군가
한 사람만 있어도 벌써 반은 성공이다.
용기는 필수, 재능을 의심 말며 도전을 겁내지 마라.
나이는 염려 안 해도 된다.
살아 보니 내 하고 싶은 일에 나이는 관계없더라.
세상의 수많은 일과 사람이 얽혀 돌아가는 한 축에
당신이 필요한 것이지 나이가 왜 필요하냐.

손에 가득 들고 시작하는 사람 몇 없다.
자꾸 곁눈질에 비교하고 불평과 걱정 하는 건 '병'이다.
내 것도 멋지니까 남의 말에 휘둘리지 말고 가야한다.
각자의 얼굴, 성격, 역할...
수많은 조각들로 퀼트 되는 세상 아닌가.
모든 게 너무 어둡고 캄캄하다고?
그래야 가만히 나를 키워 온 '달'과 조우하고
깜깜한 하늘에 뜬 '별'을 찾을 수 있거든...
마크 트웨인, 스티븐 스필버그, 벳 미들러, 브래드 피트...
오모나! 이 멋진 분들이 나처럼 사수자리였네.

141. 직장 다니세요?

어떤 분의 글이 생각난다.
다섯 아이들이 원하는 대로 해주다 보면 너무 힘들어.
한 번씩 마당 끝의 우체통으로 걸어간다고 했다.
어느 날엔 우체통에 기대어
'하나님 우리 애들은 고마워하질 않아요. 요구만 하고...'
불평을 한참 늘어놓다 보니 웬걸...
자신도 하나님께 아이들과 똑같이 하고 있는 것이다.
자신은 하나님이 해 주신 일에 항상 감사했던가.

나도 이따금 어리광 하듯 속상한 일을 말한다.
내가 봐도 아이의 믿음에 머물러 있다.
좋은 설교 들으며 친교를 가지고 교회 생활을 해야
믿음과 성장이 제대로 된다고들 조언 하지만
그냥 내 어눌한 그대로 살아간다.
세상 분간이 어려워 힘들게 치여 살던 내게 오셔서
그런 내 모습 그대로 사랑해 주신 하나님...

아침에 정수기 때문에 어떤 이가 왔는데 새 얼굴이다.
몇 마디 인사하고 부지런히 일을 마무리 하더니
싱크대 한 켠의 내 접시들이 예쁘단다.

꽃무늬도 있고 대체로 30년 넘은 올드한 것인데
요즘 인기 있는 젠 스타일과 달라 보였나 보다.
"어디 강의 나가세요?"
암튼 좀 그렇게 느껴진다고 했다.
나는 아니지만 고맙다고 했다.
이 아침에 아무렇게 서 있는 내게 덕담이라니
아... 하나님 덕분이다.

오래전 캐나디언 록키에서의 일도 생각난다.
통나무집에 머물며 구석구석 다니던 즈음
어느 산 속의 예쁜 오두막 같은 가게에 들어갔다.
한참 여우꼬리 달린 모자를 신기해하며 보고 있는데
주인인 듯한 동양인 여자가 어디서 왔느냐고 물었다.
한국이라고 하자 덥석 내 손을 잡았다.
오랜만에 한국인을 본다며 이것저것 묻길래 대답해 주었다.
잠시 후 그녀가 눈을 반짝이며 말했다.
"혹시... 문화예술계에 종사하세요?"
아... 근처에도 가본 적 없지만 감사했습니다.

142. 지나온 다리

안개 많이 끼고 따스한 기운이 넘친다.
돌아보니 구월에 이사를 많이 했구나.
그냥 구월이 되면 움직이는 걸 좋아하나 보다.
어느 해였나. 아이들과 지도를 보며 건너던 다리들...
서쪽 혼스비에서 동쪽 씨포스로 가던 구월이 생생하다.

어젠 공방에서 새 가방 재단했다.
며칠 전 숙제한 버킷가방 검사 받고 칭찬 들었다.
짐이 많아 택시 탔는데 기사는 갑자기 정치 얘기를 하더니
점점 목소리 높이다가 나중엔 운전대 옆을 쾅쾅 쳤다.
잠시 어쩌나 싶었지만 끝까지 입 다물고 있었다.
혼자 시작하고 소리치고 잦아질 때쯤 차에서 내렸다.

요즘엔 옛 친구들도 만나면 좀 생소하다.
없던 고집도 피우고 따지는 게 장난 아니다.
'네가 언제, 어디서, 이렇게 저렇게 했다.'
그래서 지금 그걸 왜 말하는데?
기억력에 자신 있다는 걸 왜 강조하는데?
네 기억엔 그렇게 세팅 되어 있을 수도 있겠으나
내가 듣기엔 헛소리 같으니 그만 두라 할 수도 없고

그러려니 하고 돌아오는데 어찌나 피곤 한지
그냥... 그만 두어야겠다.

오랜만에 지하 1층 푸드코트에 내려갔다.
커피를 사고 구석자리로 와서 막 앉으려는데
어떤 아주머니가 급히 오더니 내 옆에 앉는다.
그녀의 폰이 내 쪽에 떨어지며 노래가 새어 나온다.
'돌아가라 하면 싫어요 못가요...' 젊은 여자가 울먹인다.
류계영의 〈인생〉에서도 토하듯 나온 가사다.
'다시 가라하면 나는 못가네 마디마디 서러워서 나는 못 가네...'
그 긴 다리들... 어떻게 건너고 지나 왔는지 꿈 같다.

지하 2층으로 내려와 시장을 보았다.
머루포도, 밤 한 봉지, 키위, 아보카도, 대추 한 곽...
내 지나온 가을이 너무 허기졌던가 싶다.
막내 낳으러 가던 구월의 아침이 부우옇게 다가온다.
다리 옆 따라오던 강물에게 말했었다.
'내 아이들과 떠나야겠어...'

143. 인사이드 르윈

시월이 왔다.

어젠 29.9도. 무슨 일인지 누구에게 물어야 하나.

가을에게 물으면 여름이 떼를 쓰는 거라고 할 테지.

그럼 여름은 뭐라고 할까.

서로 처해 있는 상황과 생각이 달라서 티격태격이다.

정부의 정책에도 각자 할 말이 많아 목소리 높인다.

'실업급여도 올리고 청년들에게 행복 주택을...'

'집 없는 서민들을 위한 저금리 주택 융자도...'

'이 나라가 사회주의냐? 공산주의냐?

왜 내 세금을 정부 마음대로 하냐...'

나는 겨울 쪽으로 슬그머니 눈치를 본다.

'네가 해 볼래?'

오후엔 〈인사이드 르윈〉 영화를 보았다.

영화는 어둑한 가운데 '오 행미...'로 뭔가를 시사한다.

르윈 자신도 고양이처럼 무심한 태도로 시작하던가.

클럽의 분위기와 노래까지 그의 일상과 무관치 않다.

'르윈'의 삶과 음악 그리고 60년대... 우리의 암울도 투영된다.

그냥 던지듯 하는 말도 노래도 마음에 스윽- 박힌다.

아버지의 표정과 '청어 떼'도 마음 한 켠에 있고
'퀸 제인'... 방의 모습과 그의 인사이드가 교차되며 슬프다.
500miles. 그 시절이 빼곡히 차오른다.
영화 사이사이로 그때의 내가 비집고 돌아다닌다.
원스, 비긴 어게인, 라라랜드도 좋지만 이 영화는 많이 다르다.

이런 날엔 내처 노래를 들어야 할 것 같다.
칼럼 스콧의 목소리는 늘 그냥, 뭔가 먹먹하다.
에드 시런... 그의 노래와 관련된 모든 게 존경스럽다.
화요비의 어떤가요... 대답하려는데 말이 안 나온다.
한동근의 몇 노래... 스무 살 소울이 끝내준다.
하수영의 '찬비'... 남한산성의 가을비 내리던 밤...
여관방에서 썼다는 70년대의 이별을 듣는다.
'내 사랑 먼길을 떠난다기에 가라, 가라, 아주 가라했네...'
하동균만의 표현들... 정말 좋다.
그의 목소리에 내 속의 쓸데없는 것들이 스르르 나간다.
30촉 백열등 같은... 허 하고 뿌연 것들이...

144. 오징어 튀김

2019년 10월 4일. 금.

맑다. 28도.

아마 올해 통틀어
이렇게 근사한 하늘과 햇빛, 바람, 기온이라니...
벼 이삭도 처지면서 가을은 단풍을 채비 중이다.
난 무엇을 어찌할지 준비한 것도 없다.
생각만 몽글대며 게거품처럼 올라오다 말았다.
잡으려고 애쓰지 마라.
놓친 것 아까울 것도 없고 다 지나가는 것들이다.
언제 우리가 준비하고 태어났나...

어젠 오징어튀김하려고 생물을 썰어 물기 닦은 뒤
마늘 소금에 전분을 묻히고 튀김 옷 입혀 튀기는데...
한참 후 바구니가 거의 가득해 질 즈음
갑자기 기름 냄비에서 퍽- 하는 소리에 뒤로 나자빠졌다.
정신을 차리니 왼쪽 눈 언저리가 쓰라렸다.
얼른 찬물을 틀어 식혔다.
다행히 눈썹 위쪽이고 멘소레담을 발랐다.

조금 전 거울을 보고는 소스라치게 놀랐다.
이마 왼쪽이 영국 지도 모양으로 시커멓게 흉물스럽다.
돋보기 쓰고 보니 부풀어 있고 말랑거린다.

아침을 먹고 샤워하고 나오니 다 터지고 엉망이다.
껍질이 말라붙으면 흉이 질 테니 달래가며 깨끗이 벗겼다.
벌건 자국 하며 조금 쓰라리다.
소독하고 마르기만 하면 되겠지 하는데 걱정은 된다.
병원에 가야 하나... 속으로 주고받는 사이에 하루 다 갔다.

방금, 아들이 나를 보더니 고함을 지른다.
'메디 홈' 사다가 붙여주고 병원 어쩌는데 가기가 싫다.
내용을 읽어 보니 내 상처에 딱 맞는 처방이다.
"낼 가면 안 될까... 지금 아무렇지도 않아."
오징어 바구니... 던져 버리라고 한다. 왜?
"나도 같이 던져 버리고 싶지?"
녀석과 내가 웃으면서 오징어 스토리는 마무리 되었다.

너른 벌판을 보며 신작로를 걷고 싶다.
가로수가 튼튼해서 오고 가는 바람 다 훑어 내는 그 길을...
가을 가을 하고 살랑살랑 하는 사잇길도 걷고 싶다.
목화꽃 옆에서 당신과 늦은 커피 마시고 싶다.

145. 수원 행궁

내가 감사기도 했던가.
바로 눈썹 위로 기름이 튀었다는 걸.
눈을 건너뛰고 이마 쪽으로 튄 것 말이다.
별로 넓지 않은 얼굴에서 눈, 코, 입... 다 제끼고
이마 끝 머리카락 가까운 곳으로 찾아간 기름방울...
내게 주신 사랑과 배려, 정말 감사합니다.

창밖엔 시월의 비가 느슨하게 내리고 있네.
기온이 내려간 탓인지 주춤거리며 내리는 모습이다.
손을 뻗어 빗방울을 잡아 보았다.
물방울이 터지면서 내 얼굴에 웃음을 흩뿌린다.
아... 기분 좋고 상쾌한 걸 어떻게 표현하나...

호두와 오트밀로 버무린 빵에 피넛버터, 아보카도 얹고
맛있는 커피와 함께 하는 일상이 오늘은 더 고맙다.
만일 노후를 위한 이사를 하게 되면
비 내리는 숲을 보며 아침을 시작하면 얼마나 좋을까.
나는 기관지도 안 좋고 비염과 계절도 타고
숲의 신선한 공기가 절대 필요하다.

어젠 공방에서 재단하고 자르고 붙이고 박타 하는데...
지현씨가 다산 신도시 아파트 청약 당첨된 얘기한다.
그녀의 착하고 예쁜 눈이 반짝거린다.
이처럼 내 주위 모두가 좋은 일 많으면 좋겠다.
돌아오는 차 안에서는 내가, 내게, 뭐라고 한다.
'꼭 서울이어야 하니?'
갑자기 눈앞에 가본 적 없는 '수원 행궁'이 펼쳐졌다.
며칠 전 꿈에 정조의 어머니가 머물렀던 '행궁'이라며
우아한 한복을 입은 내가 하얀 마당을 걷고 있었다.

윤숙이 전화해 목요일에 용두리 가잔다.
고구마도 캐고 시월 구경... 검정콩도 사야 해...
공약했던 '주민을 위한 목욕탕'도 오픈 했단다.
이참에 복지관 옆이나 아님 허물어져가는 삼거리 쪽에
'주민을 위한 소극장' 만들면 동네가 번창할 것인디...
영화는 물론 연극이나 뮤지컬, 콘서트도 하고
때맞춰 야시장이며 벼룩시장도 열고...
'로컬 푸드' 같은 상설가게도 생기면 금상첨화인디...

146. 생신 밥

구름 한 점 없이 푸르른 날,
용두리의 아침은 눈이 부시다.
뒷곁에서 놀다 오니 맛있는 냄새가 가득하다.
솜씨 좋은 올케 옆에서 괜히 거드는 척한다.
노릇한 빵과 계란프라이, 샐러드의 색깔도 맞춘다.
커피와 웃음소리까지 얹어 먹는다.

수요일 아침에 느지막히 백화점에 올라가서
장미 언니를 만나 안부를 묻는데 안색이 어둡다.
노인들은 때에 관계없이 무조건 밥이 보약이다.
"뜨거운 거... 국물 있는 게 좋겠죠?"
다짜고짜 손잡고 가서 소머리 국밥을 먹는데
언니가 국물을 마시더니 속이 좀 풀린다고 했다.
임플란트 여러 개 하며 먹는 둥 마는 둥 했단다.

윤숙이와 '모란 동백' 들으며 집에 왔는데
아까 나오다가 만난 윤숙이 언니가 계속 마음에 남았다.
생신 저녁 먹는다고 5남매가 모이고 있었다.
작년엔 80세 소녀 같더니만 아프면서 얼굴이 상했다.
손을 잡아보니 차고 꺼칠하더라.

"누가 밥 사는 거니?" 생각 없이 물었는데
자식들이 '생신 용돈'을 모아 주었으니...
언니가 그 많은 식구들 밥 산다는 이상한 소리를 한다.
뭣이라... 사람 되도록 먹이고 키워줘 고맙다고
정성을 담아 '뜨신 밥' 사드리는 것 아니었어?
용돈은... 혼자 사는 임마 기죽지 말라는 선물이고...
무슨... 생신 상에 밥을 푸다말고 국 쏟는 소리 하냐.

어젠 마당에서 토종닭을 푹 고아 맛있는 저녁 먹었다.
마침 동생 친구인 윤창이가 와서 일하는 내내 떠들었는데
그들 얘기만으로 '만화책 한 권' 다 읽은 듯 재밌었다.
저녁 후엔 친구 제동이가 포도 한 상자 안고 들어섰고
왁자지껄. 목소리 큰 세 남자가 지붕을 올렸다 내린다.
이 동네 특징은 풍토가 좋은지 대체로
인물과 체격이 좋고 특히 목소리가 우렁차다.
포도를 씻어 그들 고릿적 얘기 가운데로 밀어 놓으며
우리도 큰 놈으로 골라 윤숙이와 마주 앉았다.

147. 읍내 살기

아, 감탄을 부르는 날씨이다.
청운면이라서 이리도 푸르고 아늑하냐.
눈 뜨면서 하늘을 보니 저절로 웃음이 번진다.
다 같이 둘러 앉아 맛있는 된장찌개와 찰밥을 먹었다.
올케가 만든 나물들은 어쩜 이리도 맛깔스럽냐.
"여지껏 먹은 중에 자네 솜씨가 최고네..."

어젠 한 해 고구마 농사를 마무리했다.
대강 박스 몇 개 만들어 차에 실어 놓은 뒤
여자 셋이 밭 뒤켠으로 해서 목욕탕에 갔다.
2천 원짜리 욕탕에 몸을 담그니 노곤함이 스르르 풀린다.
서로 등 밀어 주며 한바탕 웃고 씻는다.
샛길로 집에 오는데 길 옆에 대추가 주렁주렁이다.
건너편 나무 가지에서 새 떼들이 저녁 수다를 떤다.
새로 이사 온 사람들이 많아지고 집들도 예쁘다.

오늘 점심은 햇 단풍 들기 시작한 용문산에서
불쭈꾸미와 옹심이를 먹었다.
돌아오는 동네 초입에선 낯선 건물이 눈에 띈다.
얼마 전에 생긴 '작은 도서관'이란다.

남향 햇살 받은 희고 아담한 모양에 자꾸 마음이 간다.

"이 동네서 6개월쯤 살아볼까..."

도서관, 복지관,.. 새 목욕탕에 공기 좋고 딱이다.

편의점과 농협도 있으니 웬만한 읍내는 된다.

"그렇게 해요. 반찬은 내가 해 드릴게..." 동생댁이 거든다.

놀란 윤숙이가 갑갑해서 안 된다고 손사래를 친다.

동생이 올 농사지은 벼를 찧어 나눠준다.

이걸 어쩐다니 하면서도 고맙다며 받았다.

이그, 늙어가며 변죽도 좋고 이리도 서슴없다.

막국수 먹고 길 떠나라고 해서 다대리 쪽으로 넘는데

저만큼 보이는 산이 깊고 그윽하다가 공기도 달라진다.

국수를 먹은 뒤 바깥에 앉아 있었다.

논밭을 훑어 오는 바람이 조금 쌀쌀했지만

짚 연기가 섞인 듯 매캐하고 상쾌하기까지 했다.

올케가 믹스커피 한 잔을 뽑아와서 건넨다.

꼬옥- 안아 주며 고맙다고 했다.

동생과도 악수하며 서로 반대쪽으로 손 흔들며 헤어진다.

148. 인연

며칠 동안 거의 잠을 못 잤다.
오늘 아침엔 들고 있던 컵이 떨어져 산산조각 났다.
하나씩 떠올려도, 앞서 가슴이 답답해 왔다.

웃음과 인사 아끼는 사람 옆에 있으면
괜히 내가 실수한 일이 있나 싶어 편치 않다.
혹시 내가 무시당하는 중인가 싶기도 하다.
얘기는커녕 생각도 표정도 정리 안 된다.
누구든 자기중심의 사고와 견해를 가지고는 있지만
일상에서 그런 식의 태도로 살아가진 않는다.
대부분 가정, 사회에서의 경험을 통해
관계를 터득하고 상대를 헤아리며 언행을 하는 것이다.

어쩌구 저쩌구 해 봐야...
마음 맞는 사람끼리도 바쁘면 못 보고 사는데
굳이 아닌 인연끼리 형식적 틀에 얽매이는 건 아니다.
그래서 내가 마음 바꾸기로 했다.
네가 하고 싶은 대로 해... 나는 상관 않기로 했어.
먼 외국까지 들러리하러 가기엔 내가 너무 힘들어...
그렇게 나는 내 입장을 정리했다.

지혜롭지 않고 자기 의견만 중요한 사람에게
내가 휘둘리고 상처 받는 건 피해야지...
말하면 탈나고 다물면 병나는 건 다 아는 이치 아닌가.

찬란했던 내 시월이 이렇듯 엉망으로 끝났다.
단풍이 들다가 가는지 어띤지도 모르고 보내버렸다.
구절초 가득한 언덕이 꿈에서 한번 보였나...
바람 부는 그곳에 서서 뭔 말을 했으려나...

예식에 뭘 입을 거냐고 물어서 한복이라 했는데
대뜸 왜 비싼 한복을 입느냐고 되물었고
선뜻 이해되지 않아 당황한 내게
한번 입고 그만두는 옷에 돈 쓰는 게 어쩌다고 했나...
한번 입는 내 옷에 네 지적질 받을 이유가 있나...
"외국에서 하든, 여기서 하든... 우리 전통은 한복이야..."
두 번 째 본 자리에서 놀란 내가 더듬거렸다.

더 이상 구구절절은 기억에서 지웠다.

149. 맛있는 배

2019년 11월 4일. 월.
이쁘게 맑은 날. 20도.

다음 주부터 본격적인 십일월이 시작 된단다.
뉴스에선 700고지의 화왕산 억새를 보여준다.
사람들은 은빛 물결에 탄성을 지른다.
그런데 흰 머리카락이 엉키는 듯 왜 이리 서글프냐.
내 자신감은 며칠 새 뒤죽박죽 큰일이다.

며칠 전 아셈 메가박스에서 〈날씨의 아이〉를 보았다.
나는 16세로 돌아가 하늘과 바다의 빛깔이며
'비'를 통해 보는 도시의 창문 하나도 들떠서 보았다.
사람들은 그깟 추우면 입고, 더우면 벗는단다.
사실을 헛소리처럼 하는 걸 돈 주고 본다고 면박 준다.
비오면 짜증나고 거기에 바람 불면 욕 나온단다 뭐라나.

어젠 오랜만에 공방엘 갔었다.
끝나고 나오는 모퉁이에 과일 트럭이 서 있었다.
단감, 배가 잔뜩 쌓인 사이로 아저씨가 씨익 웃는다.
검게 그을린 그에게서 단감 20개, 신고배 25개를 샀다.
무게가 엄청 났지만 택시에 실어 주어 집에 왔는데
내리려고 애를 쓰니 기사 분이 얼른 도와준다.
그가 에스컬레이터까지 옮겨 주며 말했다.

"짧은 대화였지만 고마웠습니다."
난 그저 그의 말에 공감을 했을 뿐인데...
오히려 내가 더 고마워서 거푸 인사했다.

과일망을 벗겨서 보니 여기저기 흠집이 있다.
까치가 파먹은 것도, 상채기도 있다.
그래도 내가 잘 사 왔지 싶다.
다른 이들이 기피하는 거 내가 사 주었으니
힘든 아저씨는 팔아서 좋고, 모두들 깨끗한 것 먹고
나는 까치가 찜해 놓은 맛있는 배를
동전만큼 파내고 먹으니 달콤한 즙이 넘친다.

저쪽 산마루에 구름 걸쳐 놓고 오후가 쉬고 있네.
하나씩 무언가 클리어 되어 가는 것 같다.
어긋나는 이유가 분명 있다는 걸 다시 알았다.
내 지혜가 얕고 생각이 모자라 깨닫지 못할 때라도
어딘가 삐걱대며 어그러지는 건 나를 위한 신호였구나.

150. 세상의 십계명

입동 되자 곳곳에서 추위가 인사 다닌다.
오후엔 벤 모리슨과 미키 뉴버리의 노래를 들었다.
벤의 목소리를 듣고 있으면
그 옛날 이민선을 타던 아이리쉬의 한숨 같은 게 온다.
쉐난도 국립공원에 가 본 적은 없다.
오래전 해리 벨라폰테의 쉐난도를 듣는데 눈물이 났었다.
그리고 벤의 쉐난도가 시작되면서는
터커 백을 메고 미주리강을 거슬러가는 나를 만난다.

미키의 목소리엔 벌판에서 오는 흙바람 소리가 섞여있다.
어떨 때는 내용 상관없이 서부로 가는 역마차가 보인다.
때론 그곳 어느 살롱 앞에 내려 마을로 걸어간다.
새로운 삶을 위한 안내를 받는 느낌이라니...
매번 느끼지만 이건 참 이상하고 설명이 안 된다.

언제였더라. 서부영화와 컨츄리 음악에 빠진 시작이.
동네 입구의 낡은 영화관에선 늘 동시상영을 했다.
한국영화와 미국영화의 조합인데 주로 서부영화였다.
영화가 끝날 때쯤엔 '개척자'로 살아야 할 것 같았다.
가슴이 뛰면서 나름의 '삶의지표' 생긴 것 맞다.

아마 그때 세상의 십계명을 어렴풋이 정리한 것이리라.

* 항상 '정의' 편에 서라 (불의와 타협하지 마라)
* 여자와 아이를 우선하라 (약자를 보호하라)
* 절대 등 뒤에서 총을 쏘지 마라 (정정당당하라)
* 항상 정직하라
* 정당방위 외에는 살인 하지 말라
* 항상 감사하라 (일상의 모든 것이 땡큐이다)
* 남의 것을 탐하거나 빼앗지 말라
* 항상 도전하라 (모험을 두려워 말라)
* 가족과 이웃을 사랑하라 (돕고 베풀어라)

용기, 배려, 도덕, 양심, 책임... 포함된 삶의 기본이다.
권선징악, 인과응보, 사필귀정은 서부영화의 정석이었다.
오늘날 그들이 외치는 '위대한 아메리카'의 정신도
청교도 기반의 서부 정신이 시작이리라.
보난자, 월튼네 사람들, 초원의 집, 컴뱃(Combat)...
이런 시리즈도 살아가는데 큰 역할을 했음은 물론이다.

151. 걱정하지마

어젯밤 천둥 번개가 여러 번 나더니 비가 왔다.
바깥은 보이지 않았고 창문에 빗줄기만 몰아쳤다.
아마 가을 끝, 겨울 시작을 알리는
팡파레 같았다고 할까.
잠 잘 준비 하고도 그렇게 한참을 앉아 있었다.
'이번 주까지만 가죽 만지고 그만 둬야겠네...'

어제 공방 끝나고 집에 오며
응봉교와 성수대교를 지나면서 무심코 밖을 보니
물안개 낀 한강이 뿌옇게 답답해 왔었다.
머릿속에선 여러 갈래의 체인이 쉬잇- 소리 내며
끊임없이 훑고 지나가는 듯했다.
'내가 지금 뭐 하고 있지?'
공방에선 바늘에도 찔리고 커터에도 다칠 뻔했다.

절실한 무엇이 자꾸만 머리카락을 잡아당긴다.
흔들리는 머리는 방향타 잃은 것마냥
이리저리 부대끼며 휘파람 같은 쇳소리 낸다.
'아... 정말 좀 쉬어야겠네.'
막내가 왜 그렇게 앉아 있냐는 듯 쳐다본다.

"목요일까지만 하고 공방을 그만 두어야겠어...
김장도 해야 하고 이비인후과도 가야 하고..."
"이비인후과는 왜?"
"몰라... 괜히 오른쪽 귓속이 가려워..."
정말 모르겠다. 설명하기 힘든 것 투성이다.
마음도 귓속도 다 가렵고 힘들다.

희령이 전화가 온다.
시부모 제사를 연달아 지냈다는 소리에 아이고– 절로 난다.
나이 일흔 셋에 웬 제사, 대소사는 줄줄이 많은지
"돈 많으면 뭔 걱정이냐? 없는 데서 쪼개려니 힘들지..."
십 년째 그녀의 중요 레파토리는 돈이 웬수다.
사기꾼은 착하게 사는 사람의 돈 냄새를 어찌 알고
힘들게 모은 억 소리 나는 그걸 귀신 같이 낚아채 가냐.
그 피같은 돈과 상가 날리고 여태 허덕이고 있다.
그래도 아담한 내 집에 든든한 자식 있고
서푼 벌이 하는 영감 있으니 걱정하지마...

152. 눈물의 수평선

2019년 11월 15일. 금.
그냥 그런 날씨. 14도.

그냥 흐리고 맑다가 비 내리는 날이다.
이미 아침부터 나는 다 젖고 주눅 들었다.
그래도 사람과 세상에 관심은 많아
참견하고 살았는데 내 오지랖 다 부질 없다.

그렇게 촐랑이고 분주하던 나를 이 나이에 알겠다.
그런 건 어디서 보고 듣냐던 부모님 걱정을 뒤로
집 안팎을 풀방구리마냥 드나들었다.
만화방에서 외우도록 보았던 김종래의 〈눈물의 수평선〉.
"아저씨, 내일은 좀 깎아주시면 안 돼요?"
만화방 앞에는 구공탄 만드는 할아버지가 있었다.
진흙과 벼 껍질, 석탄을 섞어 틀에 넣고는 긴 쇠공이로
타악- 툭... 타악- 툭... 일정한 리듬과 규칙의 반복,
그리고 완성되어 나온 탐스런 연탄 한 덩이.
세 개 보고 가야지... 아냐. 한 개는 사야 해...

혜득이가 달맞이 둘레길 넘어 기장까지 걸었단다.
가는 길에 바다 옆에 핀 '해국' 사진 찍어 보냈다.
남편 묘소에 들리고 중간 아지매 만나 저녁 먹었다고 했다.
"중간삼촌 묘소가 같은 공원에 있는 줄 처음 알았어요."

아... 나도 그 분 한 번 가 뵈어야 하는데...

"내년 봄엔 꼭 오셔야 해요."

"그럼 꼭 갈게."

그 바다에선 내 어린 날의 수평선이 보이려나...

〈정일 전자 미쓰 리〉가 어제 끝났다.

내가 중소기업의 사정은 알 리 없지만

어쩜 그리도 곳곳에 딱 맞는 사람들이 연기하는지

골고루 섞인 사회 축소판에서 함께 화내면서 웃었다.

유치하다고? 삼류 드라마라고?

넌... 네가 삼류도 안되는 거 몰랐니?

드라마 끝나니 이웃들이 다 이사 가버린 것 같다.

아들이 비행기와 호텔 예약했다고 한다.

시내에 있는 솔라리오는 갈 때마다 머무르고 했지만...

엥? 지금 일본상품 불매중인뎅...

엄마 생일도 있고 그냥 휴식을 선물하고 싶어서

너무 낯선 곳보다 잘 아는 여기로 정했다고...

153. 아프지 말자

낮 기온은 좀 올라가려나 모르겠다.
내일 소설 이라는데 첫 눈 오면 좋겠다.
어제 오늘 큰 추위 왔지만 하늘은 쨍 하고 싱그럽다.
느낌도 색깔도 시월 같다.
첫 추위에 놀라면 겨울 내도록 떨게 된다고 해
일찌감치 덧신 꺼내고 보일러 온도 맞춰 놓았다.

배우 윤정희가 십 년 전부터 치매를 앓고 있단다.
사랑스러웠던 그녀가 자신을 놓아버렸다고 하니...
그 즈음 보았던 영화 〈시〉는 누구의 연기였을까.
자기를 잊어가는 중인 걸 알았을까.

한없이 애지중지 하던 것들이 하찮고 의미 없고
알 수 없는 무언가에 무너져 가는 자아...
어떤 이는 아무것 없는 텅 빈 시간을 살고
또 누구는 자신의 고통스럽던 시간을 산다고 했던가.
음식을 훔치고 숨기고 잊어버리는 행위의 근간에는
분명 배고프고, 혼나고, 슬펐던 순간들이
무의식의 아이로 남아 살아가고 있음이라.
너무 안쓰러운 것들은 생각도, 저장도 말아야겠다.

유명하다는 이비인후과에서 진찰했다.

"별 이상은 없어요. 굳이 말한다면 노인성 습진이랄까."

초진 9천원 내고 병원을 나서는데 기숙이 전화가 온다.

누가 텃밭의 배추 5포기 줘서 끙끙대고 김장 했더니

끝나가던 대상포진이 다시 도졌고 병원 다녀온다고 했다.

작년인가 윤숙이도 이 병으로 엄청 고생했었다.

조금 무리하고 힘들면 다시 나타나는구나.

"그럼 김장은 어떻게 할겨?"

"저번에 예약한 절임배추 낼 올 거야."

햇빛 받으며 하나로 마트로 갔다.

산더미처럼 쌓인 야채들과 색깔에 흥분된다.

우선 크게 심호흡하며 비릿하고 축축한 느낌을 즐긴다.

그곳에 서있는 것만으로도 무언가 카타르시스가 된다.

적어 놓은 차례대로 사면서 시장 한 바퀴 돌았다.

예산에 없던 과일 몇 종류, 생선과 고기도 샀다.

에그머니, 아이보다 배꼽이 커졌네. 웃음이 난다.

154. 여행에서 오다

2019년 11월 29일. 금.
맑다. 8도.

어젯밤 여행에서 돌아왔다.

그곳에서는 덥다가 시원하고 비도 내리더라.

호텔은 편안했고 건너 보이던 텐진역 광장이 생각난다.

이 도시는 150만 정도인데 시내를 빼면 조용하다.

그리고 남자보다 여자가 더 많은 도시다.

북쪽의 도시들과 대비되는 남쪽의 풍광도 다소 여유롭다.

이곳 남자들은 마른 편에 옷도 타이트하게 입는다.

조금 달라 보이는지 막내를 힐끗 댄다.

그때... 서울에 막 돌아왔을 때가 생각난다.

청담동 진흥 아파트 옆 닭 한 마리?... 밥을 먹고 있었다.

건너에 있던 가족들이 식사하고 나가시다가

그중 어머니가 우리 자리로 오셨다.

"저기... 아들이세요?"

"네.."

"어쩜 이리도 잘 키웠어요? 이 말 하고 싶어서요."

그 외 덕담을 했고 엉거주춤한 나는 우물거렸다.

그때를 돌이켜보면 여러 가지로 뭉클하다.

'고마웠어요, 감사 했습니다.'

공항으로 오는 저녁엔 큰 비가 내렸다.
비행기에서 활주로에 쏟아지는 비를 보고 있자니
큰 쉼을 얻은 듯 차분히 씻기는 느낌이었다.
어깨에 얹혀 있던 것들 내려놓고 종일 돌아다녔다.
필요하던 것도 샀고 생각 않던 것도 구경했다.
아들과 아침에 헤어져 오후에 만나기도 했다.
세이류에 있던 온천도 생각난다.
캄캄한 저녁 언덕 위 노천탕에 앉아 올려다보던 하늘...
외곽에 있어 멀리서 오는 숲의 바람도 좋더라.
다 씻을 순 없어도 찌꺼기들 버린 건 맞다.

이번 여행은 흐릿하던 것들이 또렷이 된 것도 있다.
사소하지만 안타까워 하던 일들도
그게 무엇이든 간에 안개처럼 사라졌다.
누구는 갓길로 지름길로 뛰어간들... 그러려니 한다.
주섬주섬 채비하고 다시 내 일상으로 돌아간다.
여러모로 마음 쓰고 도와 준 '훈아..' 너의 배려는 늘 고맙다.
노구치 상의 친절한 가이드... 고마웠어요...

155. 트럼프의 속내

세계 곳곳이 한파, 가뭄, 홍수, 지진 등으로 난리다.
미국 동북부는 폭설로 추수감사절이 엉망진창...
호주 전역은 가뭄에 산불까지... 애가 탄다.
베니스와 피렌체는 홍수로 일상생활이 안 되고
알바니아는 지진으로 사망과 실종자가 계속인데
이락은 끝나지 않을 시아파, 수니파 싸움으로
벌써 400여 명 죽고 총리는 사임...
콜롬비아, 칠레, 브라질 등은 데모로 도시가 마비 상태다.

아... 트럼프 얘기를 해야겠다.
그는 독일을 비롯, 한국에 여러 형태의 압박을 하고 있다.
주둔군을 어쩌겠다... 관세를 몇 배 어쩐다...
방위비 50억불을 쌈짓돈처럼 달란다. 1조에서 5조라...
그의 황당한 언행에 진정한 우방인지 점검해야 하나.
이번에 한국을 보는 그들의 인식과 수준... 까발려졌고
더불어 우리의 짝사랑도... 확인사살 받은 셈이다.
이 와중에 해리스 대사의 유치한 뻘짓은 뭐지?
부지런히 드나드는 미국 국방, 안보 인사들의 속내는?

우리나라 한복판에 그들... 동아시아 패권을 위한

국가전략 방어 시스템을 구축해 주었다.

우리의 최신기술로 여의도 5배의 미군 신도시를 건설한 것...

물론 대한민국을 위한 '방어'... 최우선인 것 안다.

현재까지 통틀어 빚진 것도 알고 고마움도 잊지 않는다.

대치중인 한국 평화를 위한 최고의 방어는 정말 감사하다.

허나, 무조건 다 내놓으라 히면... 이러면 안 되지...

그들은 공공연히 혈맹이라고 했다.

분명히 목숨 건 두 번의 전쟁을 함께 했다.

또다시 최악의 상황이 올 수도 있는

이 불분명한 시대에 우리를 내친다라...

돈 조금 있는 '아베' 데리고 노닥거리는 거 아는데

일본 제국주의 잔인한 속셈은 알고 있을 테고...

십일월도 가듯 트럼프의 시대도 움직일 것이다.

시간은 특정한 사람이나 나라를 위해 머물지 않는다.

한국과의 윈윈 중요성은 갈수록 명확해지리라.

현재 한국의 '하드와 소프트 파워' 진행을 알고는 있는지...

156. 응답하라

'찬란한 아침'이라고 쓴다.

밤새 내린 비로 말끔히 씻은 창이 햇빛 반사 중이다.

아이, 눈 부셔라.

시무룩하던 식물들도 내가 만져 주니

에게게... 자태가 달라졌다.

생명 있는 것들은 모두 관심 받길 원하는구나.

명순이도 생일 맞아 제주도 여행 했노라고 했다.

12월 가기 전에 얼굴 보자고? 알았어.,,

윤숙이는 소꿉동무 선희와 팔현리 호수에서 커피 마신단다.

"점심은 장어 먹었어. 선희가 수술도 했고..."

몇 해 전 선희, 금자, 윤숙이와 강상면에서 점심 먹은 뒤

뒤편 마당에서 네 잎 클로버 찾으며 놀았었다.

"소변에 데칠 그 인간이..."

그녀의 어마무시한 우스개에 나는 몇 번이나 뒹굴었다.

힘내요 선희 씨, 그대 말솜씨는 최고였어요.

이중 창 열고 새로 온 십이월을 후루룩 마신다.

벌써 일 년이 내 허락도 없이 휘리릭 지나고 있다.

지난 몇 달 생각지 않은 일들로

머리는 저 켠에 또 마음은 어디에 있는지 허둥대었다.
때론 좋은 글 읽어도 눈에 보이는 게 다였다.
내 소중했던 날들도 영상처럼 순식간에 왔다 사라졌다.
이제껏 내가 붙잡은 것들은 마치 허상인 듯
내가 사랑했던 것들 역시 내 감정 소모에 불과했었나...

'Tequila sunrise'... (불타는 태양)
그 태양과 바다와 사랑은 얼마나 눈부셨던가.
나도 햇빛 찬란한 도시의 구석에서
이 불타는 돈과 우정과 사랑을 보고 또 보았다.
격랑 같은 순간들이 제각각의 퍼즐로 오더라.
뜨겁게 살고 싶었던 '나'와 그렇지 못했던 내가
장면의 소용돌이마다 프리즘으로 굴절되던 슬픔이여...
젊은 멜 깁슨의 머뭇대던 눈빛이며
누군들 그 사운드트랙의 섹소폰 잊을 수 있겠는가.
남쪽으로 가던 하버브릿지에서 던졌던 많은 질문들...
응답하라 1989,90,91...
30년이 그렇게 후다닥 가버릴 줄 정말 몰랐다.

157. 영화 보기

철원이 영하 19.5도를 기록했다.
중강진은 영하 24도, 개성과 평양이 영하 12도.
추위가 오니 없는 사람들의 하루하루가 걱정 된다.
이북의 상황도 의식주 모든 게 여의치 않을 것이고
아픈 사람들과 노약자 등의 구호는 어떨지 안타깝다.
우리도 주변의 힘든 분들 미리 살펴서
주민센터 등에 구호요청을 해 놓는 게 좋겠다.

어제도 춥다 춥다 했다는데
집안에 있으면서도 괜히 얼빠진 것 같다.
좋아하던 일도 심드렁하고 매사가 의욕이 없다.
일을 보며 해야지가 아니라 저게 뭐지?
건강하고 정상인데 무얼 하기 싫은 건 도리 없다.
일이 있긴 해도 나와 상관이 있는지도 모르겠고
내가 긍정에 대범하게 살자 해 놓고도
연관 검색어처럼 딸려 나오는 것들 미워 큰일이다.

마음 놓을 데가 마땅찮은 날엔 영화가 최고다.
오래 되었어도 그리워지는 장면들 있지 않은가.
취향에 관계없이 다른 삶을 두 시간쯤 살다 오자.

내가 경험 하지 못한 것들

마음껏 즐기는 호사를 어디서 찾겠는가.

노 머시... 오래된 영화이고 내용이 뻔하긴 해도

킴 베이싱어의 백치미는 압권이었다.

싸인하던 그녀 표정은 잊히지 않는다.

리차드 기어와 그녀만으로도 스토리를 덮었다.

적과의 동침... 결혼은 어느 한 부분 사기다.

줄리아 로버츠의 모든 게 아름다웠다.

가스라이팅을 뒤로 한 용기도 과정도 침착하고 대견했다.

The prince of Tides... 지금도 아프다.

닉 놀테의 슬픔이 오랫동안 내 안에 남아 있었다.

안드레 애거시가 4번이나 본 후 감독이자 주인공인

바브라 스트라이샌드와 열애를 했다던가.

가을의 전설... 설명이 필요 없다.

화면의 모든 상황, 사람들과 사랑에 빠질 것이다.

브래드 피트의 가을에서 헤어 나오지 못할 듯...

마음이 시려운 당신이 꼭 보았으면 한다.

158. 고맙고 감사한 일

하나님. 감사합니다.
오늘 아침엔 이 말이 제일 먼저 나왔다.
아무튼 상황도 사람도 다 고맙고 감사하다.
오직 내 불찰로 생긴 일이었음에도 보여준 배려라니...
두 달이나 지났음에도 잊지 않고 오백만 원 보내주신
대치동 ○○부동산 여사장님. 고맙습니다...

돌아보니 40년이 넘은 얘기다.
처녀 때 얼굴 본 후 소식이 뜸했던 사촌이 찾아 왔다.
인천 어디에 대단지 아파트가 생기는데
상가를 분양 받아 부부가 수선가게를 하겠다고 했다.
"언니, 싱크대 수도꼭지부터 화장실 변기를 비롯해..."
그때는 아파트 AS라는 게 없던 시절이었다.

얘기를 듣고 비상금 오백만 원을 덜렁 찾아서 주었다.
가고 난 뒤 생각해 보니 주소도 전화도 안 물었네...
그리곤 잊었는데 일 년쯤 지났나...
"언니, 지금 돈 가지고 갈 테니 기다려요.
언니 돈은 복이 있나 봐요..."
남편은 출장수리 다니고 자신은 가게에서 고친다.

"요즘은 내가 전기밥솥도 고쳐요."
그 후 부지런과 성실함으로 억척스레 일한 결과
집이며 상가와 땅까지 큰 재산을 일구었다.
아... 예전에도 나는 복이 있었구나.

어제 아들이 일본 여행에서 돌아왔다.
아들은 예전에 일본에서 교환학생으로 있었고
그 후 일 관계로 알게 된 지인들도 많이 있어
개인적인 친분과 왕래가 잦은 편이다.
현재 우리는 일본과의 문제가 한둘이 아니지만
일본 정부와 관계없이 오랜 시간 한결같은 마음으로
안부 물어주는 그 분들에게는 늘 고맙고 감사하다.

일 년 마무리 인사로 조 부장과 점심 했다.
조용하고 능력 있고 매사 열심인 분이다.
그녀도 안팎으로 좋은 일이 많았던 한 해였다.
맛있게 먹으며 잊기 전에 말한다.
"오늘 밥은 제가 삽니다. 모든 게 다 감사하네요."

159. 웃는 모임

파란 하늘에 비행기 한 대, 흰 자국 남기며 지나간다.
늦잠 잔 아침에 마시는 커피 한 잔.
갑자기 무언가 훅- 하고 오더니 목이 잠긴다.
얼굴이었나. 커피를 건네준 손이었나. 모르겠다.

〈불후의 명곡〉에서 창민이가 '영원'을 불렀을 때도
무심코 서쪽 하늘로 고개 돌려지더라.
최진영의 목소리가 아직은 영원으로 있지만...
저번 날 이석훈이 부른 〈나만 몰랐던 이야기〉
아이유 보며 '윤상과 김이나의 감성' 잘 끌어내는구나...
했는데 시간 지나며 그가 또 다른 느낌을 준다.

어젠 해물명가에서 넷이 점심 먹었다.
딴청 부리다 헐레벌떡 갔더니 벌써 수다 시작이다.
연포탕과 아구찜이 주인공인 건 확실한데
어라... 딸려 나온 반찬이 대략 '한정식'이다.
생선구이, 들깨 가지무침, 멸치 볶음, 홍어 무침,
어리굴젓, 간장게장, 버섯볶음, 미역무침, 부추전...

근처에 있는 명순네로 자리 옮겼고

늘상 깔끔한 실내는 아늑하기까지 하다.
우리의 공통점은 같이 늙어간다는 것. 칠십대,
그리고 놀랍게도 모두 '빈궁마마'라고 웃었다.
부지런한 그들 덕에 요즘의 핫한 뉴스도 듣는다.
다른 백그라운드지만 나이가 주는 공감은 끝내준다.
명순이는 어찌 그리도 명랑에 발랄이냐.

오븐에서 잘 익은 고구마를 꺼내고
커피를 내리며 저물어가는 바깥에 잠깐 조용했나.
다시 오징어 찢고 홍삼즙을 홀짝이고,
쥐포와 박카스가 등장하며 나는 아예 자지러진다.
"얘, 편의점 차려도 되겠다."
"언니, 아무 때나 나오는 게 아니에요.
날마다 오는 게 아닙니다. 어제도 아닙니다.
자, 애들은 얼른 집에 가고…"
너무 웃어서 허리를 못 펴니 놀란 명순이가 나를 부른다.
"언니, 대상포진 예방주사 맞았어?"
"그럼, 맞았지…"

160. 방탄의 무대

미세먼지 엄청나고 안개 많이 낀 날.
기온이 올라서 좋아했는데 겨울은 욕먹는 것 같다.
겨울은 겨울다워야 하고 눈은 내려야 하는데
당장 화천 산천어 축제 망하고
내년 보리농사는 어쩔 거냐고 해서 가만있었다.

올해도 얼마 남지 않아
끝맺음 제대로 해야지 하며 새 달력을 본다.
내년이 경자년이라고라...
쥐는 영리하고 눈치도 빨라 조용히 실속 챙기며 산다.
무리지어 다녀도 먹이와 저장은 개인주의다.
주변에도 이런 성향이 은근히 잘 산다고 했더니
"비밀 많고, 자기애 강하고, 잔머리에..."
아무개가 다다다다... 어깃장 놓는다.
쥐띠 남편과 다퉜다나 뭐라나...

그나저나 요즘 부동산이 미쳤다.
자고 나면 1억씩 오른다.
포근한 날씨 탓인지 죄다 집값 얘기들뿐이다.
괜히 나도 저 동네 한 바퀴 돌고 왔다.

"봄에 움직이려면 지금 결정해야 됩니다."
언제나 한 박자 늦는 내게 부동산에선 확실한 언질을 준다.
그래도 나는 내 가고 싶은 곳 아니면 안 된다.
제발 촐싹대지 말고, 몰려가는 곳들은 쳐다보지 말어.

바깥은 비와 미세먼지가 엉겨 부우옇고 깁갑하다.
간만에 BTS의 노래와 안무에 빠지기로 한다.
우선 이번 MMA 2019에서도 그들 공연은 감탄의 연속이다.
거슬러 가면 처음부터 나는 그들 퍼포먼스에 놀라
'세상에 이런 청년들'이 있구나 였다.
DNA, Idol, Fire, Not today, Love yourself…
낫 투데이의 뮤비도 멋지고 하나하나 보고 또 본다.
그래도 7,8개월 전쯤 본 '아이돌...' 지금도 쩐다.

있잖아... BTS... 7명의 방탄소년들 알지?
소녀시대 얘네들도 춤과 노래 멋지다고?
맞아... 요즘 한국 젊은이들이 굉장하더라.
BTS 공연할 때마다 세계가 들썩이는 것처럼 느껴지더라구.

161. 정치 놀이

세계인의 축제 크리스마스가 지났다.
혼자든 여럿이든 다 행복한 시간을 보냈기를 바란다.
종교 관계없이 모두가 사랑과 평화를 외쳤건만
올 한 해 그러지 못한 것 같다.
사건 사고, 전쟁, 이해상충, 엄청난 산불과 지진 태풍까지
참으로 수많은 아픔과 반목이 지금도 진행형이다.

배운 것 적고 시간 많고 외로운 사람들이
거짓 약장수가 펼치는 공짜 쑈에서 화장지 받고 놀다가
엉터리 약이나 물건 사면서 빚더미에 올라
자식들과 마찰을 빚고 난리도 아니었다.
다 관두고 조용히 있는 아무개에게 연락이 왔다.
삼삼오오 모여 무언가 가르쳐 주더니
문자 받고 지정된 곳에 가면 또 다른 세계 있더란다.
시간도 잘 가고 스트레스 해소까지 정말 괜찮다.
딸이 사 준 옷 입고 공짜 지하철에 도시락이라...
누가 믹스커피 한 잔씩 돌려서 얻어먹고
집에 오는 길에 콩나물과 황태 한 마리, 장을 보고 온다.
소리 질렀더니 고단해 푹 쉬고 오랜만에 복지관 간다.

"그동안 안 보이더니 바빴어?" 이웃이 반가워한다.
"나는 맨날 불러내는 친구들이 많아 좋지…"
그녀는 시내 한 복판까지 진출한 무용담에 살을 붙인다.
거기서 만난 사람들은 정치에 주관이 있는 분들이라
자신도 늘그막에 많이 배운다는 말도 덧붙인다.
"그럼 우린 생각이 없어 가만 있다는 거야?"
"정치를 모르면 그렇지… 목소리를 내야 돼,
 가만있으면 나라 망한다더라."

"당신이 말하는 정치는 어떤 정치인데요?"
옆에 있던 아주머니가 끼어든다.
의기양양하던 그녀가 살짝 목소리를 내린다.
"나는 잘 모르지… 가서 듣다보면 저절로 알게 돼."
"뭘 알게 되는데요? 나라 거덜 난다는 소리요?"
"아니, 웬 시비야? 궁금하면 가보든지…"
드디어 그녀가 언성을 높인다.
아주머니도 한마디 하며 자리를 뜬다.
"개똥같은 소리하고 있네… 다 헛소리 장난질이지…"

162. 연말 소회

을씨년스럽고, 칙칙하고, 가라앉았다고 할까.
한 해를 보내는 것에 생각이 많은 듯한 날씨다.
돌이켜보니 이 엄청난 부침 속에서
내게 주신 평안과 은혜가 참으로 굉장했구나.
아무 것도 아닌 나를 사랑하심과 받은 것들이
어찌 나만을 위한 것이겠는가.
돌아보며 살피고 사랑하라고 하셨는데
어쩌고 투덜대며 온 나를 보니 어이없고 기막히다.
겸손한 마음으로 양선을 행하면 되는데
변명하고 불평하고 정말 잘못했습니다.

갈비를 손질해 첫 물은 버리고
다시 은근한 불로 두 시간쯤 푹 끓였다.
그냥 연말이 되고 비 온다고 해서 끓인 것 같다.
예전... 주말이면 엄마는 밀가루 반죽을 아랫목에 두었다.
고것으로 우리가 원하는 것들 뚝딱 만들어냈다.
찐빵도 되다가 만두가 되어 나오는가 하면
노빙, 꿔빙, 셸빙... 따위도 나왔다.

기름띠 두서너 번 걸러 내고

양파 대파 건져낸 국을 한참 바라본다.
부엌에서 도란도란 하던 엄마 목소리도 들린다.
"긴따루나 아지 조림도 (금태나 전갱이) 먹어야 하고
안심은 마늘간장 양념해 석쇠에 구워야 하고...
봄 되면 알이 밴 굴비 잘 말려야 여름 반찬 하지..."
나를 키운 유년의 것들이 흐릿하게 지나간다.

사촌동생 방순이와 통화했다.
친가 외가 통틀어 딱 한 분 남은 외삼촌(95세) 안부 물으니
요즘 일 저지르고 다녀 속상하단다.
벌써 이 달에 두 번씩 폰 바꾸면서 위약금 생긴 모양이다.
그냥 줬다는 말도 그렇고 약간의 인지 장애도 있다.
"언니, 우리 이사했어..."
수십 년째 한 동네에서 오르내리니
이사한 줄도 모르겠고 새로울 것도 없단다.
"나도 그 동네 한번 구경할까?"
다정한 목소리 듣고 있으면 그 쪽 전체가 명당이다.
새해 덕담 미리 나누고 1월 중순쯤 만나기로 한다.

163. 아듀… 2019

낮 최고기온이 영하3도. 오늘 날씨 짐작된다.
그동안 겨울 채비 하라고 사정 봐 주었나 보다.
며칠 전엔 미뤄 놓았던 것들 마무리 좀 하려고
가끔씩 가던 남대문시장의 재료상으로 갔었다.
"왁스 작은 것으로 하나 주세요."
주인 아주머니가 나를 물끄러미 본다.
"어머나, 죄송합니다. 본드 작은것요…"

2019년… 정말 가는구나.
내년에 대한 것… 지금으로선 하나도 확정된 게 없다.
변명하자면 항상 내 생각은 두서없다.
어제는 이랬다가 아침에 정해지기도 한다.
물론 큰 그림은 저만치 있다.
'호기심을 가지자, 심장이 뜨거워지는 일 하자.'
해 왔던 그대로 나를 좋아하고
내게 용기 주는 일을 계속하는 것이다.
모든 게 단시간에 완성되던가.
마음먹은 대로 진행되고 마무리되던가.
또 내 생각대로 산다고 편하고 좋던가.

하고 싶고, 되고 싶고...

나도 그렇고 당신도 그런 꿈 갖고 산다.

건강이나 처지에 따라 조금씩 차이 있더라도

우리 바라는 건 그것들 차츰 이루어가는 기쁨이다.

주위가 어찌 되든 개의치 않고 움켜쥐던 누구는

또 다른 손으로 잡으려 아등바등하더라.

이러면 세상이 아프고 힘들지...

한 손을 비우면 서로 잡아 줄 수 있는데...

주위에 웃음 많아지면 전염되어 참 좋은 세상 되는데...

나는 열심히 사는 누군가 잘 되어가는 과정을

보고 들으며 기다리는 게 정말 좋더라.

내년엔 눈치 좀 가지고 좌우 살피며 살려고 한다.

그럭저럭 살아오긴 해도 무언가 늘 어렵다.

옳고 그름도 대강 분별되고 높고 낮음도 좀 보인다.

여기까지 온 것 참말로 하나님의 은혜다.

아듀... 2019!

164. 바그다드 카페

2020년 1월 2일. 목.
그냥 흐리고. 영하 2도.

낮 동안은 영상 2도. 평년보다 따뜻하단다.
며칠 전 그믐날엔 반짝 추위가 영하 10.8도였다.
대관령은 영하 17도, 평창 송어 축제는 한창 대목이었다.
그런데 잘 얼어 있던 저수지와 강이
어제 오늘, 올라간 기온 탓에 서서히 녹으면서
강 한복판에서 낚시하던 사람들이 익사했다는 뉴스다.
한 해의 시작에 이 노릇을 어떡하나...
내 지극히 개인적 생각은
그깟 동면하는 고기들 잡겠다고 추운 날 새지 말고
그들도 '얼음 이불' 잘 덮고 겨울 보내라 하고
당신도 따뜻한 방에서 뒹굴거리는 게 어떨까 싶은데...

새해 복 많이 받으라는 아무개의 문자에
'네... 덕분에 많이 받았어요. 우리 나눠 가집시다.'
이 말은 정말 진심이다.
지난해에는 어찌 그리도 아픈 사람이 많던지
어떻게 순서대로 아프면서 옆 집 가듯 병원을 가냐.
나도 생각지 않은 감기로 힘든 한해였지만
제발 올해는 우리 모두의 좋은 소식만 기다릴게요.

336

윤숙이는 아들 부부가 제주도로 이사했다.
"교회에 걔네들 없이 혼자 있는데 외롭더라.
마음이 텅 빈 것 같고 먹는 것도 귀찮구..."
아니... 중년의 아들이 이사한 것 가지고 웬...
새해부터 어쩌고 하기도 무엇해서 진득하니 들어준다.
"집 내 놨어... 물건들 다 없애고 간단히 살 거야."
와우, 자기는 벌써 새해 계획이 다 있네... 웃는다.

떡국 끓여 창 앞에서 먹었다.
이 따뜻한 새해를 만끽하는 내가 너무 고맙다.
잡다한 문제들... 관계 같은 것에서 나와
나를 성숙하게 만나는 자유를 가질 수 있음에 칭찬한다.
세상은 변화하고 나 또한 변화 되는 것 당연하다.
'삶의 어려움이 떠나가고 난 후
항상 더 위대한 가치 있는 무언가가 대가로 주어진다.'
배우 마이클 제이 폭스의 말이 맞다.

'바그다드 카페'에 가야겠다. Calling you!

165. 새해 묵상

겨울 짧은 해... 갔다.
일몰이라고 저쪽 하늘이 넌지시 일러주고 간다.
지난 것들도 함께 갔는지 2019의 기억이 가물거린다.
새로운 '해맞이'도 제대로 못했다.
오늘, 감사는 했었나 모르겠다.
게으른 나를 2020년에 안착시켜 주신 것...
잔잔한 물가로 인도해 주심과
푸른 풀밭에 앉게 해 주신 하나님 감사합니다.

병원에 누워 새해 맞지 않음에
추위에 떨지 않고 입고, 먹고, 쉴 수 있음에
자식들에게 용돈 구걸치 않을 수 있음에
잘 걷는 두 다리와 분별할 수 있는 머리와
공감하는 가슴도 있어,
이보다 큰 감사가 어디 있겠는가.
이 넘치는 기쁨과 감동은 새해가 아니라도
내 살아온 생애 전부였음을 이제야 알았다니...
"내가 본 중에 너만큼 복 받은 사람이 없더라."
경순이가 가진 것 많은 사람들 앞에서 말했을 때
뭔 말이냐... 흘려듣고 잊었었다.

환갑과 칠순까지 알뜰히 챙겨 받던 그들은 잘 있을까.

교만으로 사람을 대거리 하던 그들도 여전 하려나.

내 인생에 들어와 잠깐, 오만과 패악질 하던 그들은...

세상의 부와 권력... 다 부질없는 것 보았고

저 들판의 백합꽃보다 예쁜 것 보지 못했으니...

내 부족함을 아시고

필요에 따라 도와주시며 채워주신 하나님.

허둥대지 말고 염려치 말며 안타까워 말라 하신다.

있는 그대로, 가진 그대로, 잘 살라 하신다.

가진 것 많은 이들이 아우성 칠 때

나와 아무 상관없으니 그냥 지나가라고 하신다.

내게 이렇게 뭔가를 쓸 수 있는 용기와

꿈 꿀 수 있는 시간 주신 것

다시 한 번, 정말 감사합니다...

그대 늙지 말아요

© 김상은, 2024

초판 1쇄 2024년 5월 17일 찍음
초판 1쇄 2024년 5월 30일 펴냄

지은이 | 김상은
펴낸이 | 이태준

인쇄·제본 | 지경사문화

펴낸곳 | 북카라반
출판등록 | 제17-332호 2002년 10월 18일

주소 | (04037) 서울시 마포구 양화로7길 6-16 서교제일빌딩 3층
전화 | 02-486-0385
팩스 | 02-474-1413

ISBN 979-11-6005-137-7 03810
값 15,000원

북카라반은 도서출판 문화유람의 브랜드입니다.